# Raj I

Njegova svetlost beše kao dragi kamen,
kao kristalno čisti kamen jaspis.

(Otkrivenje Jovanovo 21:11)

*Čist i Divan kao Kristal*

# Dr. Džerok Li

**Raj I: Čist i Divan kao Kristal** autor Dr. Džerok Li
Objavile Urim knjige (Predstavnik: Kyungtae Noh)
73, Yeouidaebang-ro 22-gil, Dongjak-gu, Seul, Korea
www.urimbooks.com

Sva prava su zadržana. Ova knjiga ili njeni pojedini delovi ne smeju biti reprodukovani u bilo kojoj formi, ili biti smešteni u bilo kom renta sistemu, ili biti transmitovana bilo kojim načinom, elektronski, mehanički, fotokopiranjem, snimanjem, ili slično, bez prethodnog pismenog ovlašćenja izdavača.

Autorska prava © 2016 od strane dr. Džerok Lija
ISBN: 979-11-263-0067-9  04230
ISBN: 979-11-263-0066-2  (set)
Prevodilačka Autorska Prava © 2012, dr. Ester K. Čung (Dr. Esther K. Chung). Korišćeno uz dozvolu.

Prethodno objavila na korejskom jeziku Urim knjige u 2002.g.

*Prvo izdanje, mart 2016.*

Uredio dr. Geumsun Vin
Dizajnirao urednički biro Urim Books
Štampa Prione Printing
Za više informacija molimo kontaktirajte: urimbook@hotmail.com

# Predgovor

Bog ljubavi ne samo da vodi svakog vernika na putu spasenja nego i otkriva tajne neba.

Makar jednom u životu, čovek ima pitanja poput: „Gde ja idem posle života na ovom svetu?" ili „Da li nebo i pakao zaista postoje?"

Mnogi ljudi čak umru pre nego što pronađu odgovore na takva pitanja, ili čak iako veruju u zagrobni život, svi ne spoznaju nebo zato što nemaju svi odgovarajuće znanje. Nebo i pakao nisu izmišljotina, nego realnost u duhovnom carstvu.

Sa jedne strane, nebo je tako divno mesto da ne može biti upoređeno sa bilo čim na ovom svetu. Naročito, lepota i sreća u Novom Jerusalimu, tamo gde je Božji presto smešten, ne mogu biti adekvatno opisani jer je on napravljen od najboljih materijala i sa nebeskom veštinom.

Sa druge strane, pakao je pun beskrajnog, tragičnog bola i neprestanog kažnjavanja; njegova strašna realnost je do detalja opisana u knjizi Pakao. Nebo i pakao postali su znani kroz Isusa i apostole, a čak i danas, oni se otkrivaju do detalja kroz Božje ljude koji imaju iskrenu veru u Njega.

Nebo je mesto gde Božja deca uživaju večni život, a nezamislive, prelepe i čudesne stvari su pripremljene za njih. Tako da vi to znate do detalja samo kad vam to Bog dozvoli i pokaže.

Ja sam se sedam godina neprekidno molio i postio da bih saznao o ovom nebu i počeo da primam odgovore od Boga. Sada mi Bog pokazuje još i više dubljih tajni u duhovnom carstvu. Zbog toga što nebo nije vidljivo, veoma ga je teško opisati jezikom i znanjem ovog sveta. Mogu takođe postojati neki nesporazumi oko toga. Zato apostol Pavle nije mogao do detalja da opiše Raj na Trećem Nebu koji je on video u viziji.

Bog me je takođe naučio mnoge tajne o nebu, i ja sam mnogo meseci propovedao o srećnom životu i različitim mestima i nagradama na nebu u skladu sa merom vere. Ipak, nisam mogao u detalje da propovedam sve ono što sam naučio.

Razlog zbog koga mi je Bog dozvolio da obelodanim tajne duhovnog carstva kroz ovu knjigu je da bi spasio što više duša i odveo ih na nebo, koje je čisto i divno kao kristal.

Svu zahvalnost i slavu dajem Bogu koji mi je dozvolio da objavim *Raj I: Čisto i Divno kao Kristal*, opis mesta koje je čisto i divno kao kristal, ispunjeno Božjom slavom. Nadam se da ćete razumeti Božju veliku ljubav koja vam otkriva tajne neba i vodi sve ljude ka putu spasenja tako da ga i vi možete posedovati. Takođe se nadam da ćete vi trčati prema cilju, večnom životu u Novom Jerusalimu.

Zahvaljujem se Geumsun Vin, direktorki Izdavačkog biroa i njenom osoblju, i Prevodilačkom birou za njihov marljiv rad pri izdavanju ove knjige. Molim se u ima Gospoda da će kroz ovu knjigu mnoge duše biti spašene i uživati večni život u Novom Jerusalimu.

*Džerok Li*

## Uvod

U nadi da će svaki od vas razumeti Božju istrajnu ljubav, dostići ceo duh i trčati prema Novom Jerusalimu.

Svu zahvalnost i slavu dajem Bogu koji je kroz izdavanje knjige *Pakao* i dvodelne serije knjiga *Raj* vodio brojne ljude da ispravno spoznaju o duhovnom carstvu i trče prema cilju sa nadom za nebo.

Ova knjiga se sastoji iz deset poglavlja i omogućuje vam da jasno upoznate život i lepotu, i različita mesta nebeska, a i nagrade date u skladu sa merom vere. To je ono što je Bog otkrio Svešteniku dr. Džeroku Liju uz inspiraciju Svetog Duha.

Poglavlje 1 „Nebo: Čisto i divno kao kristal" opisuje večnu nebesku sreću gledajući njegov opšti izgled, gde nema potrebe da sunce ili mesec sijaju.

Poglavlje 2 „Edenski vrt i Nebeska čekaonica" objašnjava lokaciju, izgled i život u Edenskom vrtu, da bi vam pomoglo da bolje razumete nebo. Ovo poglavlje vam takođe govori o Božjem proviđenju i Njegovom planu da stavi drvo spoznaje dobra i zla i duhovnoj kultivaciji ljudskih bića. Štaviše, ono vam govori o Čekaonici gde spašeni ljudi čekaju do Sudnjeg dana, ujedno i o životu na tom mestu, i kakvi ljudi ulaze u Novi Jerusalim odmah bez da čekaju tamo.

Poglavlje 3 „Sedmogodišnji svadbeni banket" objašnjava Drugi dolazak Isusa Hrista, Sedmogodišnje Veliko stradanje, Gospodov povratak na zemlju, Milenijum, i večni život nakon toga.

Poglavlje 4 „Tajne neba skrivene još od stvaranja" pokriva tajne neba koje će biti otkrivene u Isusovim alegorijama i govore vam kako da posedujete nebesa u kojima ima mnogo mesta boravka.

Poglavlje 5 „Kako ćemo živeti na nebu?" objašnjava visinu, težinu i boju kože duhovnog tela, i kako ćemo mi živeti. Sa raznim primerima radosnog života na nebu, ovo poglavlje vas takođe podstiče da svim silama napredujete ka nebu sa velikom nadom za njim.

Poglavlje 6 „Raj" objašnjava Raj koji je najniži nivo neba, pak mnogo više lepši i srećniji od ovog sveta. Takođe opisuje vrstu ljudi koja će ući u Raj.

Poglavlje 7 „Prvo kraljevstvo neba" objašnjava život i nagrade Prvog kraljevstva, koje će udomiti one koji su prihvatili Isusa Hrista i pokušali da žive po reči Božjoj.

Poglavlje 8 „Drugo kraljevstvo neba" udubljuje se u život i nagrade Drugog kraljevstva u koje će ući oni koji nisu ispunili pobožnost u potpunosti već su izvršavali svoje dužnosti. Ono takođe naglašava važnost pokoravanja i vršenja dužnosti pojedinca.

Poglavlje 9 „Treće kraljevstvo neba" objašnjava lepotu i slavu Trećeg kraljevstva, koje ne može biti upoređeno sa Drugim kraljevstvom. Treće kraljevstvo je mesto samo za one koji su odbacili sve svoje grehe – čak i grehe u njihovoj prirodi – sopstvenom snagom i pomoći Svetog Duha. Ono objašnjava ljubav Božju koji dozvoljava testove i iskušenja.

Na kraju, Poglavlje 10 „Novi Jerusalim" predstavlja Novi Jerusalim, najlepše i najslavnije mesto na nebu, gde je smešten Božji presto. Ono takođe opisuje vrstu ljudi koja će ući u Novi Jerusalim. Ovo poglavlje se zatvara davanjem nade čitaocima kroz primere kuća dvoje ljudi koji će ući u Novi Jerusalim.

Bog je pripremio nebo koje je čisto i lepo kao kristal za Njegovu voljenu decu. On želi da što više ljudi bude spašeno i raduje se da vidi Njegovu decu kako ulaze u Novi Jerusalim. Ja se nadam u ime Gospodnje da svi čitaoci *Raja I: Čist i Divan kao Kristal* će shvatiti Božju veliku ljubav, ispuniti celu dušu Božjim srcem, i energično trčati ka Novom Jerusalimu.

**Gymsun Vin**
direktorka Izdavačkog biroa

 Sadržaj

Predgovor
Uvod

*Poglavlje 1*  **Nebo: Čisto i divno kao kristal** • 1
  1. Novo nebo i nova zemlja
  2. Reka vode života
  3. Presto Božji i presto Jagnjetov

*Poglavlje 2*  **Edenski vrt i Nebeska čekaonica** • 19
  1. Edenski vrt gde je Adam živeo
  2. Ljudi su odgojeni na zemlji
  3. Nebeska čekaonica
  4. Ljudi koji ne ostaju u nebeskoj čekaonici

*Poglavlje 3*  **Sedmogodišnji svadbeni banket** • 45
  1. Gospodov povratak i sedmogodišnji svadbeni banket
  2. Milenijum
  3. Nebo kao nagrada nakon Sudnjeg dana

*Poglavlje 4*  **Tajne neba skrivene još od stvaranja** • 67
  1. Tajne neba su bile otkrivene još od Isusovog vremena
  2. Tajne neba otkrivene na kraju vremena
  3. U kući Oca Mog mnogi su stanovi

*Poglavlje 5* **Kako ćemo živeti na nebu?** • 93
1. Celokupan način života na nebu
2. Odeća na nebu
3. Hrana na nebu
4. Transport na nebu
5. Zabava na nebu
6. Bogosluženje, edukacija i kultura na nebu

*Poglavlje 6* **Raj** • 119
1. Lepota i sreća Raja
2. Koja vrsta ljudi ide u Raj?

*Poglavlje 7* **Prvo kraljevstvo neba** • 133
1. Njegova lepota i radost nadmašuju Raj
2. Koja vrsta ljudi ide u Prvo Kraljevstvo?

*Poglavlje 8* **Drugo kraljevstvo neba** • 145
1. Svakome je data lepa lična kuća
2. Koja vrsta ljudi ide u Drugo Kraljevstvo?

*Poglavlje 9* **Treće kraljevstvo neba** • 161
1. Anđeli služe svakom detetu Božjem
2. Kakvi ljudi idu u Treće Kraljevstvo?

*Poglavlje 10* **Novi Jerusalim** • 177
1. Ljudi u Novom Jerusalimu vide Boga licem u lice
2. Kakvi ljudi idu u Novi Jerusalim?

# Poglavlje 1

## Nebo: Čisto i divno kao kristal

1. Novo nebo i nova zemlja
2. Reka vode života
3. Presto Božji i presto Jagnjetov

I pokaza mi čistu reku vode života,
bistru kao kristal,
koja izlažaše od prestola Božijeg
i Jagnjetovog,
nasred ulica njegovih.
S obe strane reke drvo života,
koje rađa dvanaest rodova
dajući svakog meseca svoj rod;
i lišće od drveta
beše za isceljivanje narodima.
I više neće biti nikakve prokletinje;
i presto Božji i Jagnjetov biće u njemu,
i sluge Njegove posluživaće Ga;
i gledaće lice Njegovo,
i ime Njegovo biće na čelima njihovim.
I noći tamo neće biti;
i neće potrebovati videla od žiška
ni videla sunčanog,
jer će ih obasjavati Gospod Bog;
i carovaće va vek veka.

- Otkrivenje Jovanovo 22:1-5 -

Mnogi se ljudi čude i pitaju: „Rečeno je da možemo da imamo srećan večni život na nebu – kakvo mesto je to?" Ako slušate svedočenja onih koji su bili na nebu, možete čuti da je većina njih prošla kroz dugačak tunel. To je zato što je nebo u duhovnom kraljevstvu koje je mnogo različitije od sveta u kome živite.

Oni koji žive u ovom trodimenzionalnom svetu ne znaju do detalja o nebu. Vi znate o ovom čudesnom svetu, iznad trodimenzionalnog sveta, samo onda kada vam Bog kaže o njemu ili kada vam se duhovne oči otvore. Ako znate do detalja o ovom duhovnom kraljevstvu, ne samo što će vaša duša biti sretna, već će i vaša vera brzo rasti i bićete voljeni od Boga. Prema tome, Isus vam je kroz mnogo alegorija otkrio tajne neba, a apostol Jovan detaljno objašnjava o nebu u Knjizi Otkrivenja.

Onda, koja vrsta mesta je nebo i kako će ljudi tamo živeti? Vi ćete na kratko pogledati u nebo, čisto i divno kao kristal, koje je Bog pripremio da večno deli Njegovu ljubav sa Njegovom decom.

## 1. Novo nebo i nova zemlja

Prvo nebo i prva zemlja koje je Bog stvorio bili su čisti i divni kao kristal, ali su bili prokleti zbog nepokornosti Adama, prvog čoveka. Takođe, brza i velika industrijalizacija i razvoj u nauci i tehnologiji ukaljali su ovu zemlju, i sve više ljudi danas poziva na zaštitu prirode.

Zato, kada dođe vreme, Bog će staviti na stranu prvo nebo i prvu zemlju i obelodaniće novo nebo i novu zemlju. Čak iako je ova zemlja postala ukaljana i kvarna, još uvek je potrebna za odgajanje iskrene dece Božje koja mogu i ući će u nebo.

Na početku, Bog je stvorio zemlju, i onda čoveka, i odveo je čoveka do Vrta Edenskog. On mu je dao maksimalnu slobodu i izobilje dozvoljavajući mu sve osim da jede sa drveta spoznaje dobra i zla. Čovek je, pak, prekršio jedinu stvar koju je Bog zabranio i posle je bio izbačen na ovu zemlju, prvo nebo i prvu zemlju.

Pošto je svemogući Bog znao da će ljudska rasa ići ka putu smrti, On je pripremio Isusa Hrista čak i pre samog početka vremena i poslao Ga dole na ovu zemlju u prikladnom trenutku.

Otuda, svako ko prihvati Isusa Hrista koji je bio razapet i vaskrsao biće pretvoren u novo biće i otići će na novo nebo i novu zemlju i uživaće u večnom životu.

### Plavi svod novog neba čist kao kristal

Svod novog neba koje je Bog pripremio je ispunjen čistim vazduhom kako bi ga napravio zaista čistim, nezagađenim i prozračnim za razliku od vazduha na ovom svetu. Zamislite čisti i visoki svod sa jasnim belim oblacima. Koliko prelepo i divno bi to bilo!

Onda zašto će Bog napraviti novi plavi svod? Duhovno, plava boja čini da osetite dubinu, uzvišenost i čistotu. Voda je onoliko čista koliko je plava. Dok gledate u plavo nebo, možete osetiti da vam je srce osveženo. Bog je napravio da svod ovog sveta izgleda plavo zato što je On napravio vaše srce čistim i dao vam srce da tražite Stvoritelja. Ako možete da priznate, gledajući u plavi, čisti svod: „Moj Stvoritelj mora da je tamo negde gore. On je sve stvorio tako prelepo!" vaše srce će biti očišćeno i vi ćete biti prinuđeni da vodite dobar život.

Šta da je ceo nebeski svod žut? Na mesto da se osećaju ugodno, ljudi će se osećati nelagodno i zbunjeno, i neki će možda patiti od mentalnih problema. Slično tome, ljudski umovi mogu biti podstaknuti, osveženi ili zbunjeni shodno sa različitim bojama. Zato je Bog napravio svod novog neba plavim i postavio je čiste bele oblake kako bi Njegova deca mogla da žive srećnije sa srcima koja su čista i divna kao kristal.

**Nova zemlja nebeska napravljena od čistog zlata i dragog kamenja**

Onda, kako će izgledati nova zemlja na nebu? U novoj zemlji nebeskoj, koju je Bog stvorio čistom i jasnom kao kristal, nema blata i prašine. Nova zemlja je sačinjena samo od čistog zlata i dragog kamenja. Koliko bi bilo fascinantno biti na nebu gde su sjajni putevi napravljeni od čistog zlata i dragog kamenja!

Ova planeta je napravljena od zemlje, koja vremenom može biti promenjena. Ova promena vam omogućava da spoznate besmisao i smrt. Bog je dozvolio svim biljkama da rastu, rađaju plodove i umiru u zemlji tako da možete da shvatite da život ima kraj na ovoj zemlji.

Nebo je napravljeno od čistog zlata i dragog kamenja koji se ne menjaju zato što je nebo istinit i večni svet. Takođe, baš kao što biljke rastu na ovoj zemlji, one će rasti na nebu kada se posade. Međutim, one nikada ne umiru i ne propadaju za razliku od onih ovozemaljskih.

Šta više, čak i planine i zamkovi su napravljeni od čistog zlata i dragog kamenja. Koliko sjajno i prelepo će to biti! Vi bi trebalo da imate iskrenu veru kako vam ne bi promakla ova lepota i radost neba koja ne može biti adekvatno opisana nikakvim rečima!

## Nestanak prvog neba i prve zemlje

Šta će se desiti prvom nebu i prvoj zemlji kada se pojave ovo divno novo nebo i ova nova zemlja?

> *Onda ja videh veliki beo presto, i Onog što seđaše na njemu, od čijeg lica bežaše nebo i zemlja, i mesta im se ne nađe* (Otkrivenje Jovanovo 20:11).

> *I videh nebo novo i zemlju novu; jer prvo nebo i prva zemlja prođoše, i mora više nema* (Otkrivenje Jovanovo 21:1).

Kada ljudima kultivisanim na ovoj zemlji budu presuđeno između dobra i zla, prvo nebo i prva zemlja će otići. To znači da oni neće kompletno nestati nego da će biti prebačeni na drugo mesto.

Onda, zašto će Bog pomeriti prvo nebo i prvu zemlju umesto da se kompletno otarasi od njih? To je zato što će Njegovoj deci koja žive na nebu nedostajati prvo nebo i prva zemlja ako ih kompletno ukloni. Čak iako su proživljavali muke i nevolje na prvom nebu i na prvoj zemlji, oni će im ponekad nedostajati jer je to nekad bio njihov dom. Tako, znajući ovo, Bog ljubavi ih pomera u drugi deo univerzuma, i neće ih se kompletno otarasiti.

Univerzum u kome sada vi živite je beskrajni svet i postoji mnogo drugih univerzuma. Tako će Bog pomeriti prvo nebo i prvu zemlju u jedan ćošak univerzuma i dozvoliti Njegovoj deci da ih posećuju po potrebi.

**Nema suza, tuge, smrti ili bolesti**

Novo nebo i nova zemlja, gde će živeti deca Božja spašena verom, nemaju ponovno prokletstvo i puni su sreće. U Otkrivenju Jovanovom 21:3-4, vi nalazite da na novom nebu nema suza, tuge, smrti, žalosti ili bolesti, zato što je Bog tamo.

*I čuh glas veliki sa prestola, gde govori: „Evo skinije Božije među ljudima, i živeće On s njima, i oni će biti narod Njegov, i sam Bog biće s njima Bog njihov. I Bog će otrti svaku suzu od očiju njihovih; i smrti neće biti više; ni plača, ni vike, ni bolesti neće biti više; jer prvo prođe."*

Kako tužno bi bilo kada bi vi gladovali i kad bi čak i vaša deca plakala za hranom zato što su gladna? Kakva korist bi bila ako bi neko došao i rekao: „Ti si tako gladan da liješ suze od gladi," i obrisao ti suze, ali ti ne bi dao ništa za jelo? Koja bi, onda, ovde bila prava pomoć? On bi trebao da vam da nešto za jelo tako da vi i vaša deca ne gladujete. Samo posle toga će stati vaše suze i suze vaše dece.

Isto tako, reći da će Bog obrisati svaku suzu iz vaših očiju znači da ako ste spašeni i odete na nebo, tamo više neće biti nevolja i briga jer nema suza, tuge, smrti, žalosti ili bolesti na nebu.

S jedne strane, verovali vi u Boga ili ne, vi ćete na ovoj zemlji morati da živite sa nekom vrstom tuge. Ljudi ovog sveta će puno žaliti čak i kad pretrpe i mali gubitak. Sa druge strane, oni koji veruju će žaliti sa ljubavlju i milošću za onima koji tek treba da budu spašeni.

Ipak, kada jednom odete na nebo, nećete morati da brinete o smrti, ili o grehovima drugih ljudi i propadanju u večnu smrt. Vi nećete morati da patite od grehova, tako da ne može postojati nikakva tuga.

Na ovoj zemlji, kada ste ispunjeni tugom, vi jadikujete. Međutim, na nebu nema potrebe za jadikovanjem zato što tamo neće biti nikakvih bolesti ili briga. Postojaće samo večna sreća.

## 2. Reka vode života

Na nebu, Reka vode života, čista kao kristal, teče po sredini velike ulice. Otkrivenje Jovanovo 21:1-2 objašnjava ovu Reku vode života, i vi morate biti srećni samo kad je zamislite.

*I pokaza mi čistu reku vode života, bistru kao kristal, koja izlažaše od prestola Božijeg i Jagnjetovog. Nasred ulica njegovih i s obe strane reke drvo života, koje rađa dvanaest rodova dajući svakog meseca svoj rod; i lišće od drveta beše za isceljivanje narodima.*

Ja sam jednom plivao u veoma čistom moru Pacifika, i voda je bila toliko čista da sam u njoj mogao videti biljke i ribe. Bilo je toliko lepo da sam ja bio srećan da budem u njoj. Čak i na ovom svetu, možete osetiti kako vam srce postaje sveže i čisto kad pogledate u čistu vodu. Koliko bi vi bili srećniji na nebu gde Reka vode života, koja je bistra kao kristal, teče po sredini velike ulice!

**Reka vode života**

Čak i na ovom svetu, ako gledate u čisto more, sunčeva svetlost se odbija od talasa i predivno sija. Reka vode života na nebu izgleda plavo izdaleka, ali ako iz bliza gledate u nju, tako je bistra, divna, neuprljana i čista da je možete opisati: „bistra kao kristal."

Zašto, onda, ova Reka vode života izvire iz prestola Božjeg i Jagnjetovog? Duhovno, voda se odnosi na Božju reč, koja je životna hrana, i vi dobijate večni život kroz Božju reč. Isus kaže u Jevanđelju po Jovanu 4:14: *„A koji pije od vode koju ću mu Ja dati neće ožedneti doveka; nego voda što ću mu Ja dati biće u njemu izvor vode koja teče u život večni."* Božja reč je Voda večnog života koja vam daje život, i zato Reka vode života izvire iz prestola Božjeg i Jagnjetovog.

Kakav će, onda, Voda večnog života imati ukus? Ona je nešto toliko slatko da to ne možete da iskusite na ovom svetu, i vi ćete se osetiti pobuđenim kad se jednom napijete. Bog je dao vodu života ljudskim bićima, ali posle Adamovog pada, voda na ovom svetu prokleta je zajedno sa svim ostalim stvarima. Od tada, ljudi nisu mogli da probaju Vodu života na ovom svetu. Vi ćete moći da je okusite samo pošto odete na nebo. Ljudi na ovoj zemlji piju zaprljanu vodu, i oni se okreću ka veštačkim pićima kao što su bezalkoholna pića umesto ka vodi. Isto tako, voda na ovoj zemlji nikada ne može da da večni život, ali Voda života na nebu, Božja reč, daje večni život. Ona je slađa nego med ili kapljice meda iz saća, i daje snagu vašem duhu.

## Reka teče po celom nebu

Reka vode života koja izvire iz prestola Božjeg i Jagnjetovog je isto kao krv koja održava vaš život time što cirkuliše kroz vaše telo. Ona prolazi po celom nebu tekući po sredini velike ulice, i vraća se do Božjeg prestola. Zašto, onda, ova Reka vode života prolazi po celom nebu tekući po sredini velike ulice?

Prvo, ova Reka vode života je najlakši put da se dođe do Božjeg prestola. Zato, da se ode u Novi Jerusalim, gde je Božji presto lociran, samo pratite ulicu napravljenu od čistog zlata sa obe strane reke.

Drugo, u Božjoj reči je put ka nebu, i vi možete ući u nebo samo kada pratite ovaj put Božje reči. Kao što Isus govori u Jevanđelju po Jovanu 14:6: *„Ja sam put i istina i život; niko neće doći k Ocu do kroza Me,"* postoji put ka nebu u Božjoj reči istine. Kada delujete po Božjoj reči, vi možete da uđete na nebo gde Božja reč, Reka vode života, teče.

Isto tako, Bog je napravio nebo na takav način da samim praćenjem Reke vode života, vi možete stići u Novi Jerusalim koji udomljuje Božji presto.

## Zlatni i srebrni pesak na obali reke

Šta će biti na obali Reke vode života? Vi prvo primećujete zlatni i srebrni pesak rasejan na daleko i na široko. Pesak na nebu je okrugao i tako mekan da se neće zalepiti na odeću čak iako igrate po njemu. Takođe, tamo je mnogo udobnih klupa ukrašenih zlatom i nakitom. Kad sednete na klupu sa svojim dragim prijateljima i vodite blažen razgovor, služiće vas dražesni anđeli.

Na ovoj zemlji, vi se divite anđelima, ali na nebu anđeli će vas zvati „gospodaru" i služiće vas kako poželite. Ako želite neko voće anđeo će doneti voće u korpi ukrašenoj nakitom i cvećem i dodaće vam korpu u trenu.

Šta više, na obe strane Reke vode života je divno raznobojno cveće, ptice, insekti i životinje. Oni vas takođe služe kao gospodara i vi možete podeliti svoju ljubav sa njima. Kako divno i lepo je ovo nebo sa Rekom vode života!

## Drvo života sa obe strane reke

Otkrivenje Jovanovo 22:1-2 do detalja objašnjava drvo života sa obe strane Reke vode života.

*I pokaza mi čistu reku vode života, bistru kao kristal, koja izlažaše od prestola Božijeg i Jagnjetovog. Nasred ulica njegovih i s obe strane reke drvo života, koje rađa dvanaest rodova dajući svakog meseca svoj rod; i lišće od drveta beše za isceljivanje narodima.*

Zašto je, onda, Bog postavio drvo života koje rađa dvanaest plodova sa obe strane reke? Prvenstveno, Bog je hteo da sva Njegova deca koja uđu na nebo, osete lepotu i život neba. On je takođe hteo da ih podseti da su oni uzgajali plodove Svetog Duha kada su radili po Božjoj reči, baš kao što su mogli jesti hranu koja je nastala u znoju njihovih lica.

Vi ovde morate da shvatite jednu stvar. Rađati dvanaest plodova ne znači da jedno drvo rađa dvanaest plodova, nego dvanaest različitih vrsta drveta života rađaju svaki plod. U Bibliji možete videti da su dvanaest izraelskih plemena formirana od dvanaest sinova Jakovovih i kroz ovih dvanaest plemena nacija Izraela je oformljena, a narodi koji prihvataju hrišćanstvo stvoreni su po celom svetu. Čak je i Isus odabrao dvanaest učenika, i jevanđelje je propovedano i prošireno svim nacijama preko njih i njihovih učenika.

Zato, dvanaest plodova drveta života simbolizuje da svako iz svakog naroda, ako prati veru, može da rađa plod Svetog Duha i uđe na nebo.

Ako jedete lep i raznobojan plod drveta života, vi ćete biti obnovljeni i osećaćete se srećnijim. Takođe, čim ga uberete, drugi će ga zameniti, tako da se nikad ne mogu potrošiti. Lišće drveta života je tamno zeleno i sjajno, i ostaće zauvek tako jer ono nije nešto što otpada ili biva pojedeno. Ovo zeleno i sjajno lišće je mnogo veće nego lišće sa drveća ovog sveta, i ono raste na veoma pravilan način.

## 3. Presto Božji i presto Jagnjetov

Otkrivenje Jovanovo 22:3-5 opisuje da je lokacija prestola Božjeg i Jagnjetovog na sredini neba.

*I više neće biti nikakve prokletinje; i presto Božji i Jagnjetov biće u njemu; i sluge Njegove posluživaće Ga; I gledaće lice Njegovo, i ime Njegovo biće na čelima njihovim. I noći tamo neće biti; i neće potrebovati videla od žiška, ni videla sunčanog, jer će ih obasjavati Gospod Bog, i carovaće va vek veka.*

### Presto je na sredini neba

Nebo je večno mesto gde Bog caruje sa ljubavlju i pravednošću. U Novom Jerusalimu, lociranom na sredini neba, nalazi se presto Božji i Jagnjetov. Jagnje se ovde odnosi na Isusa Hrista (Izlazak 12:5; Jevanđelje po Jovanu 1:29; 1. Petrova Poslanica 1:19).

Ne može svako da uđe na mesto gde Bog obično obitava. To mesto je locirano u dimenziji različitoj od Novog Jerusalima. Božji presto na ovom mestu je mnogo lepši i sjajniji nego onaj u Novom Jerusalimu.

Božji presto u Novom Jerusalimu je gde Bog Lično silazi kada Njegova deca bogosluže ili imaju bankete. Otkrivenje 4:2-3 objašnjava kako Bog sedi na Svom prestolu.

*I odmah bih u Duhu; i gle, presto stajaše na nebu, i na prestolu seđaše Neko. I Onaj što seđaše beše po*

*viđenju kao kamen jaspis i sard; i oko prestola beše
duga po viđenju kao smaragd.*

Oko prestola sede dvadeset i četri starešine, obučeni u belu odeću sa zlatnim krunama na njihovom glavama. Ispred prestola su Sedam Duhova Božjih i stakleno more jasno kao kristal. U centru i oko prestola su četiri živa bića i mnogo nebeskih domaćina i anđela.

Štaviše Božji presto je prekriven svetlima. Tako je lep, zapanjujući, fascinantan, veličanstven i ogroman da je van ljudske moći shvatanja. Takođe, na desnoj strani Božjeg prestola je presto Jagnjetov, našeg Gospoda Isusa. Svakako je različit od Božjeg prestola, ali Bog Trojstvo, Otac, Sin i Sveti Duh, ima isto srce, osobine i moć.

Više detalja o Božjem prestolu biće objašnjeno u *Drugoj Knjizi o Raju* pod naslovom: *"Ispunjenost Božjom Slavom."*

## Nema noći i nema dana

Bog caruje nad nebom i univerzumom sa svojom ljubavlju i pravdom sa svog prestola, koji svetli divnim i svetim svetlom slave. Presto je na sredini neba i pored Božjeg prestola je presto Jagnjetov, koji isto sija svetlom slave. Zato, nebu ne treba sunce ili mesec, ili neko drugo svetlo ili elektricitet da ga obasjava. Nema noći ni dana na nebu.

Uzgred rečeno, Poslanica Jevrejima 12:14 vas potstiče da: *"Mir imajte i svetinju sa svima; bez ovog niko neće videti Gospoda."* Isus vam u Jevanđelju po Mateju 5:8 obećava da: *"Blagosloveni su oni koji su čistog srca, jer će Boga videti."*

Zato, oni vernici koji se oslobode sveg zla iz svojih srca i kompletno se povinuju Božjoj reči mogu videti Božje lice. Do granice do koje liče na Gospoda, vernici će biti blagosloveni na ovom svetu, i takođe će na nebu živeti bliže Božjem prestolu. Kako srećni će ljudi biti ako mogu videti Božje lice, služiti Mu i zauvek sa Njim deliti ljubav! Međutim, baš kao što vi ne možete da direktno gledate u sunce zbog njegovog sjaja, tako i oni koji ne liče na srce Gospodovo ne mogu da vide Boga iz blizine.

### Uživanje istinske sreće zauvek na nebu

Vi možete uživati u istinskoj sreći u svemu što radite na nebu zato što je to najbolji poklon koji je Bog sa velikom ljubavlju pripremio za Svoju decu. Anđeli će služiti decu Božju, kao što se kaže u Poslanici Jevrejima 1:14: *"Nisu li svi službeni duhovi koji su poslani na službu onima koji će naslediti spasenje?"* Međutim, pošto ljudi imaju različite mere vere, veličina kuća i broj anđela koji služe će varirati u skladu s time koliko ljudi liče na Boga.

Oni će biti služeni kao prinčevi ili princeze zato što će anđeli čitati misli svojih gospodara kojima su dodeljeni i pripremaće sve što ovi hoće. Šta više, životinje i biljke će voleti Božju decu i služiti ih. Životinje na nebu će se bezuslovno povinovati Božjoj deci i ponekad će, da bi im ugodili, pokušavati da urade ljupke stvari zato što one nemaju zlo.

Kako je sa biljkama na nebu? Svaka biljka ima divan i jedinstven miris, i kadgod im Božja deca prilaze, one ispuštaju taj miris. Cveće ispušta najlepše mirise za Božju decu, miris se širi čak i do udaljenih mesta. Miris se takođe obnavlja odmah nakon ispuštanja. Takođe, dvanaest vrsta plodova sa drveta života imaju sopstveni ukus. Ako pomirišete miris cveta ili jedete sa drveta života, vi ćete postati tako osveženi i srećni da to ne može da se uporedi ni sa čim na ovom svetu.

Šta više, za razliku od biljaka na ovom svetu, cveće na nebu će se smejati deci Božjoj kada im prilaze. Ono će čak i igrati za svoje gospodare i ljudi će takođe moći da sa njim razgovaraju. Čak i ako neko ubere neki cvet, on neće biti povređen ili tužan, već će biti obnovljen moći Božjom. Cvet koji je ubran iščeznuće u vazduhu i nestaće. Voće koje čovek pojede će takođe iščeznuti kao prelepi miris i nestaće kroz disanje.

Ima četiri godišnja doba na nebu i ljudi mogu da uživaju u njihovoj promeni. Ljudi će osećati ljubav Božju uživajući u posebnim karakteristikama svakog godišnjeg doba: proleće, leto, jesen i zima. Sada neko može da pita: „Da li ćemo ipak patiti od letnjih vrućina i zimskih hladnoća čak i na nebu?" Vreme na nebu, međutim, formira savršene uslove za Božju decu da pod njima žive, i oni neće patiti od vrelog ili hladnog vremena. Mada duhovna tela ne mogu osetiti hladno ili vrelo čak i na hladnim ili vrućim mestima, oni ipak mogu osetiti svež ili topao vazduh. Tako da niko neće patiti od vrućeg ili hladnog vremena na nebu.

U jesen, Božja deca mogu da uživaju u prelepom opalom lišću, a zimi mogu videti beli sneg. Oni će moći da uživaju u lepoti koja je mnogo lepša nego bilo šta na ovom svetu. Razlog zbog koga je Bog stvorio četiri godišnja doba na nebu je taj da dozvoli Njegovoj deci da znaju da je sve što požele spremno za njihovo uživanje na nebu. Takođe, to je primer Njegove ljubavi da udovolji Svojoj deci kada im nedostaje ova zemlja na kojoj su odgajani sve dok nisu postali Božja istinska deca.

Nebo je u četvorodimenzionalnom svetu koje ne može da se uporedi sa ovim svetom. Ono je puno Božje ljubavi i moći, i ima beskonačne događaje i aktivnosti koje ljudi ne mogu ni da zamisle. Vi ćete saznati više o beskonačnom srećnom životu vernika na nebu u poglavlju 5.

Samo oni čija imena su zapisana u knjizi života Jagnjetovoj mogu da uđu na nebo. Kao što je zapisano u Otkrivenju Jovanovom 21:6-8, samo onaj koji pije Vodu Života i postane Božje dete može da nasledi kraljevstvo Božje.

> *Onda On mi reče: „Svrši se. Ja sam Alfa i Omega, Početak i Svršetak. Ja ću žednome dati iz izvora vode žive za badava. Koji pobedi, dobiće sve, i biću mu Bog, i on će biti moj sin. A strašljivima i nevernima i poganima i krvnicima, i kurvarima, i vračarima, i idolopoklonicima, i svima lažama, njima je deo u jezeru što gori ognjem i sumporom; koje je smrt druga."*

Suštinska je dužnost čoveka da se boji Boga i da ispunjava Njegove zapovesti (Knjiga Propovednika 12:13). Tako da ako se ne plašite Boga ili prekršite Njegovu Reč i nastavite da grešite čak iako znate da grešite, vi ne možete da uđete na nebo. Zli ljudi, ubice, preljubnici, čarobnjaci i obožavaoci idola koji su van zdravog razuma definitivno neće otići na nebo. Oni su ignorisali

Boga, služili demonima, i verovali u strane bogove prateći neprijatelja Satanu i đavola.

Takođe, oni koji lažu Boga i obmanjuju Ga, i govore i hule na Svetog Duha nikada neće ući na nebo. Kao što sam objasnio u knjizi *Pakao,* ovi ljudi će trpeti večnu kaznu u paklu.

Zato, molim se u ime Gospodovo da ćete vi ne samo prihvatiti Isusa Hrista i dostići pravo kao dete Božje, već i da ćete uživati u večnoj sreći u ovom prelepom nebu koje je tako čisto i divno kao kristal prateći Reč Božju.

# Poglavlje 2

## Edenski vrt i Nebeska čekaonica

1. Edenski vrt gde je Adam živeo
2. Ljudi su odgojeni na zemlji
3. Nebeska čekaonica
4. Ljudi koji ne ostaju u nebeskoj čekaonici

> *GOSPOD Bog*
> *nasadi vrt u Edenu na istoku;*
> *i onde On namesti čoveka,*
> *kog On stvori.*
> *Iz zemlje*
> *GOSPOD Bog učini,*
> *te nikoše svakakva drveća*
> *lepa za gledanje i dobra za jelo;*
> *i drvo od života usred vrta,*
> *i drvo od znanja dobra i zla.*
>
> - Postanak 2:8-9 -

Adam, prvi čovek koga je Bog stvorio, živeo je u Edenskom vrtu kao živi duh koji komunicira sa Bogom. Nakon mnogo vremena, međutim, Adam je počinio greh neposlušnosti tako što je jeo sa drveta spoznaje dobra i zla što je Bog zabranio. Kao ishod, njegov duh, gospodar čoveka, umro je. On je bio isteran iz Edenskog vrta i morao je da živi na ovoj zemlji. Sada su duše Adama i Eve umrle i komunikacija sa Bogom je prekinuta. Živeći na ovoj prokletoj zemlji, koliko li im je nedostajao Edenski vrt?

Sveznajući Bog znao je za Adamovu neposlušnost unapred i pripremio je Isusa Hrista, i otvorio put spasenja kada je došlo vreme. Svako ko je verom spašen, naslediće nebo koje ne može da se uporedi čak ni sa Edenskim vrtom.

Nakon što je Isus vaskrsao i uspeo se na nebo, On je napravio čekaonicu gde će oni ljudi koji su spašeni čekati Sudnji Dan, dok sprema mesto boravka za njih. Hajde da pogledamo u Edenski vrt i u Nebesku čekaonicu kako bi bolje razumeli nebo.

## 1. Edenski vrt gde je Adam živeo

Postanak 2:8-9 objašnjava Edenski vrt. To je mesto gde su nekada živeli Adam i Eva, prvi čovek i žena koje je Bog stvorio.

*I nasadi GOSPOD Bog vrt u Edenu na istoku; i onde namesti čoveka, kog stvori. I učini GOSPOD Bog, te nikoše iz zemlje svakakva drveća lepa za gledanje i dobra za jelo, i drvo od života usred vrta i drvo od znanja dobra i zla.*

Edenski vrt je bilo mesto gde je Adam, živi duh, trebao da živi, tako da je moralo biti napravljeno negde u duhovnom svetu. Onda, gde je danas zaista Edenski vrt, dom prvom čoveku Adamu?

**Lokacija Edenskog vrta**

Bog je pomenuo „nebesa" na mnogim mestima u Bibliji da vam stavi do znanja da ima mnogo mesta u duhovnom svetu iznad svoda koji vidite golim okom. On je upotrebio reč „nebesa" da vam omogući da razumete mesta koja pripadaju duhovnom svetu.

*Gle, GOSPODA je Boga tvog nebo, i nebo nad nebesima, zemlja, i sve što je na njoj* (Ponovljeni Zakon 10:14).

*On je načinio zemlju silom svojom, utvrdio vasiljenu mudrošću svojom, i razumom svojim razastro nebesa* (Jeremija 10:12).

*Hvalite Ga, nebesa nad nebesima i vodo nad nebesima!* (Psalmi 148:4)

Zato treba da razumete da se „nebesa" ne odnose samo na nebeski svod vidljiv za vaše golo oko. To je Prvo nebo gde su smešteni sunce, mesec i zvezde, a postoje Drugo nebo i Treće nebo koji pripadaju duhovnom svetu. U 2 Poslanici Korinćanima 12, Apostol Pavle govori o Trećem nebu. Celo nebo od Raja do Novog Jerusalima je u ovom Trećem nebu.

Apostol Pavle je bio u Raju, što je mesto za one koji imaju najmanju veru, i što je naj udaljenije od Božjeg prestola. I tamo je čuo o tajnama neba. Ipak, on je svedočio da su to: „stvari o kojima čoveku nije dozvoljeno da govori."

Onda, koja vrsta duhovnog sveta je Drugo nebo? Ovo je drugačije od Trećeg neba, i Edenski vrt pripada ovde. Većina ljudi misli da je Edenski vrt smešten na ovoj zemlji. Mnogo biblijskih učenjaka i istraživača je nastavilo arheološko istraživanje i studije po Mesopotamiji i oko gornjeg toka Eufrata i Tigra na srednjem Istoku. Međutim, za sada još ništa nisu otkrili. Razlog zbog kojega ljudi ne mogu pronaći Edenski vrt na ovoj zemlji je taj što je on na Drugom nebu koje pripada duhovnom svetu.

Drugo nebo je i mesto za zle duhove koji su izbačeni sa Trećeg neba nakon Luciferove pobune. Postanak 3:23 govori: *„I izagnav čoveka postavi pred vrtom edemskim heruvima s plamenim mačem, koji se vijaše i tamo i amo, da čuva put ka drvetu od života."* Bog je ovo uradio da spreči zle duhove da dosegnu večni život tako što će ući u Edenski vrt i jesti sa drveta života.

### Kapije Edenskog vrta

Sada vi ne bi trebalo da razumete da je Drugo nebo iznad Prvog neba, a Treće nebo iznad Drugog neba. Vi ne možete da razumete prostor četvorodimenzionalnog sveta i iznad njega sa razumevanjem i znanjem trodimenzionalnog sveta. Onda, kakva je struktura mnogih neba? Trodimenzionalni svet koji vi vidite i duhovna nebesa izgledaju kao da su rastavljeni ali u isto vreme oni se preklapaju i spojeni su. Postoje kapije koje spajaju trodimenzionalni svet i duhovni svet.

Iako ne možete da ih vidite, kapije spajaju Prvo nebo sa Edenskim vrtom u Drugom nebu. Ima takođe i kapija koje vode do Trećeg neba. Ove kapije nisu smeštene jako visoko, već uglavnom oko visine oblaka na koje možete da gledate dole iz aviona.

U Bibliji, vi možete da razumete da ima kapija koja vode ka nebu (Postanak 7:11; 2 Knjiga Kraljeva 2:11; Jevanđelje po Luki 9:28-36; Dela Apostolska 1:9, 7:56). Tako da kada se kapija nebeska otvori, moguće je popeti se na različita neba u duhovnom svetu i oni koji su spašeni verom mogu da se popnu do Trećeg neba.

Isto je i sa Hadom i paklom. Ova mesta takođe pripadaju duhovnom svetu i ima kapija koje takođe vode ka ovim mestima. Tako da kada ljudi bez vere umru, oni će sići u Had, koji pripada paklu, ili direktno u pakao kroz ove kapije.

## Duhovna i fizička dimenzija postoje zajedno

Edenski vrt, koji pripada Drugom nebu, je duhovni svet, ali se razlikuje od duhovnog sveta Trećeg neba. To nije kompletan duhovni svet zato što može da postoji u isto vreme sa fizičkim svetom.

Drugim rečima, Edenski vrt je srednja etapa između fizičkog sveta i duhovnog sveta. Prvi čovek Adam je bio živi duh, ali je ipak imao fizičko telo napravljeno od prašine. Tako su Adam i

Eva bili plodni i tamo su se množili, rađajući decu kao što i mi radimo (Postanak 3:16).

Čak i nakon što je prvi čovek Adam jeo sa drveta spoznaje dobra i zla i bio oteran na ovaj svet, njegova deca koja su ostala u Edenskom vrtu i dalje žive do današnjeg dana kao živi duhovi, ne iskusivši smrt. Edenski vrt je veoma mirno mesto u kome nema smrti. Vođen je Božjom moći i kontroliše se po pravilima i naređenjima koje je Bog stvorio. Mada tamo nema razlike između dana i noći, Adamovi naslednici prirodno znaju vreme kada su aktivni, vreme za odmor, i tako dalje.

Takođe, Edenski vrt ima veoma slične karakteristike kao ovde na zemlji. Ispunjen je mnogim biljkama, životinjama i insektima. On takođe ima beskonačnu i prelepu prirodu. Ipak, tamo nema visokih planina već samo niskih brda. Na ovim brdima, ima nekih zgrada nalik kućama, ali ljudi se samo odmaraju – ne žive – u tim zgradama.

### Mesto za odmor Adama i njegove dece

Prvi čovek Adam je dugo vremena živeo u Edenskom vrtu, bio plodan i povećavao svoje potomstvo. Pošto su Adam i njegova deca bili živi duhovi, oni su mogli da siđu na ovaj svet slobodno kroz kapije Drugog neba.

Zato što su Adam i njegova deca duže vreme posećivali zemlju kao mesto svog odmora, vi treba da razumete da je istorija čovečanstva veoma dugačka. Neki mešaju ovu istoriju sa šest hiljada godina dugačkom istorijom kultivacije čovečanstva i ne veruju u Bibliju.

Ako pogledate misteriozne stare civilizacije pažljivo,

shvatićete da su nekada Adam i njegova deca silazili na ovu zemlju. Piramide i Sfinga iz Gize, Egipat, na primer, su takođe tragovi Adama i njegove dece koji su živeli u Edenskom vrtu. Takvi tragovi, nađeni po celom svetu, su sagrađeni sa mnogo savršenijom i naprednijom naukom i tehnologijom, nakon koje vi ne možete danas čak ni da imitirate modernim naučnim znanjem.

Na primer, piramide sadrže čudesne matematičke proračune, i geometrijsko i astronomsko znanje koje možete samo da nađete i razumete dodatnim studijama. One sadrže mnogo tajni koje možete razumeti samo ako znate tačan položaj zvezda i ciklus univerzuma. Neki ljudi posmatraju ove misteriozne antičke civilizacije kao tragove vanzemaljaca iz dalekog svemira ali sa Biblijom, vi možete da rešite sve nedoumice koje čak ni nauka ne može da razume.

### Trag Edenske civilizacije

Adam je u Edenskom vrtu imao znanja i sposobnosti nezamislive vrednosti. To je bio rezultat toga da je Bog naučio Adama istinskom znanju, a takvo znanje i razumevanje se nagomilalo i razvilo tokom vremena. Tako da Adamu, koji je znao sve o univerzumu i koji je ukrotio zemlju, nije bilo nikada teško da izgradi piramide i Sfingu. Pošto je Bog direktno naučio Adama, prvi čovek je znao stvari koje vi još i sada ne znate I ne shvatate ih modernom naukom.

Neke piramide su izgrađene uz pomoć Adamove veštine i znanja, ali druge su gradila njegova deca, dok su ostale gradili ljudi na ovoj zemlji koji su pokušavali da imitiraju Adamove piramide nakon mnogo vremena. Sve ove piramide imaju očigledne tehnološke razlike. Ovo je zato što je samo Adam ima Bogom dat autoritet da savlada sve kreacije.

Adam je dugo živeo u Edenskom vrtu, povremeno je silazio na zemlju, ali bio je izbačen iz Edenskog vrta nakon što je počinio greh neposlušnosti. Međutim, Bog nije zatvorio kapije koje spajaju zemlju sa Edenskim vrtom neko vreme posle toga.

Zato su Adamova deca, koja su i dalje živela u Edenskom vrtu, slobodno silazila na zemlju, i pošto su često dolazila, ona su počela da uzimaju ljudske kćerke za svoje supruge (Postanak 6:1-4).

Onda je Bog zatvorio kapije na nebeskom svodu koje spajaju zemlju sa Edenskim vrtom. Ipak, putovanje nije u potpunosti prestalo, već je potpalo pod strogu kontrolu kao nikada pre. Morate da shvatite da su većina misterioznih i nerešenih antičkih civilizacija tragovi Adama i njegove dece ostavljeni tokom vremena u kome su mogli slobodno da siđu na ovu zemlju.

### Istorija ljudi i dinosaurusa na zemlji

Zašto su, dakle, dinosaurusi živeli na zemlji ali su odjednom izumrli? Ovo je takođe jedan od važnih dokaza koji vam govori koliko je zaista stara ljudska istorija. To je tajna koja može biti rešena samo Biblijom.

Bog je ustvari postavio dinosauruse u Edenskom vrtu. Oni su bili mili, ali su bili izbačeni na ovu zemlju zato što su upali u Sataninu zamku tokom vremena u kome je Adam mogao slobodno da putuje tamo amo između ove zemlje i Edenskog vrta. Sada, dinosaurusi koji su bili primorani da žive na ovom svetu morali su konstantno da traže stvari za jelo. Za razliku od vremena kada su živeli u Edenskom vrtu, gde je svega bilo u izobilju, ova zemlja nije mogla da proizvede dovoljno hrane za dinosauruse sa velikim telima. Oni su pojeli svo voće, žitarice, biljke, a onda su bili na putu da pojedu i životinje. Oni samo što nisu uništili prirodno okruženje i lanac ishrane. Bog je konačno odlučio da više ne može da održi dinosauruse na ovoj zemlji, i istrebio ih je vatrom sa visina.

Danas se mnogo učenih ljudi slaže da su dinosaurusi živeli dugo vremena na ovoj zemlji. Oni kažu da su dinosaurusi živeli više od stotinu šezdeset miliona godina. Međutim, nijedna od tvrdnji ne objašnjava zadovoljavajuće kako su toliko mnogo dinosaurusa odjednom nastali, a potom odjednom izumrli. Takođe, ako su se tako veliki dinosaurusi razvijali tokom tako dugog vremena, šta bi oni jeli kako bi se održali u životu?

Prema teoriji evolucije, pre nego što se toliko vrsta dinosaurusa pojavilo, mnogo više vrsta živih bića nižeg nivoa je moralo da postoji, ali ipak ne postoji ni jedan dokaz o tome. Uopšteno, da neka vrsta ili porodica životinja izumre, ona se brojčano umanjuje tokom vremena i nestaje kompletno. Dinosaurusi su, međutim, odjednom nestali.

Učenjaci navode dokaze da se to desilo kao rezultat nagle promene vremena, virusa, radijacije prouzrokovane eksplozijom druge zvezde, ili sudara velikog meteora sa zemljom. Ipak, ako je takva promena bila dovoljno katastrofalna da ubije sve dinosauruse, trebalo je da i sve ostale životinje i biljke takođe izumru. Druge biljke, ptice, ili sisari su, međutim, svi živi čak i danas, tako da stvarnost ne podržava teoriju evolucije.

Čak i pre nego što su se dinosaurusi pojavili na zemlju, Adam i Eva su živeli u Edenskom vrtu, i ponekad su silazili na zemlju. Vi treba da razumete da je istorija zemlje veoma dugačka. Detaljnije o tome možete saznati u „Predavanjima o Postanku" koje sam ja propovedao. Od sada pa na dalje, voleo bih da vam objasnim lepote prirode Edenskog vrta.

## Prelepa priroda Edenskog vrta

Vi udobno ležite na boku u ravnici punoj svežeg drveća i cveća, primajući svetlost koja nežno obavija celo vaše telo, i gledate gore plavi nebeski svod gde čisti beli oblaci plove i prave različite vrste oblika.

Jezero prelepo sija pod padinom, a nežni vetar koji sadrži slatke mirise cveća prolazi brzo kraj vas. Možete da vodite zanosne razgovore sa onima koje volite, i da osetite sreću. Ponekad možete da ležite na širokim pašnjacima ili na gomili cveća i možete da osetite da sladak miris nežno dodiruje cveće. Možete takođe da ležite u senci drveta, koje rađa mnogo velikih, ukusnih plodova, i da jedete plodove koliko god želite.

U jezeru i u moru ima mnogo vrsta šarenih riba. Ako želite, možete da odete na obližnju plažu i uživate u osvežavajućim talasima ili belom pesku koji sija sa suncem. Ili, ako želite, možete i da plivate kao riba.

Krasni jeleni, zečevi ili veverice sa lepim, sjajnim očima dolaze do vas i rade umiljate stvari. Na velikoj ravnici, mnogo životinja se igraju jedne sa drugima u miru.

Ovo je Edenski vrt, gde je prepuno blagog mira i radosti. Mnogo ljudi na ovom svetu bi verovatno želelo da ostavi svoje užurbane živote i da imaju ovakav mir i spokojstvo makar samo jednom.

## Život u izobilju u Edenskom vrtu

Ljudi u Edenskom vrtu mogu da jedu i uživaju koliko god žele čak iako ni za šta ne rade. Tamo nema nevolja, briga ili nespokojstva, i sve je ispunjeno samo srećom, uživanjem i mirom. Zato što sve vode Božja pravila i nalozi, ljudi tamo uživaju u večnom životu čak iako nisu radili ni za šta.

U Edenskom vrtu, koji ima sličnu sredinu kao što ima i ova zemlja, postoji mnogo odlika ove zemlje. Ipak, pošto se nisu uprljali ili promenili od vremena kada su napravljeni, oni zadržavaju svoju čistu i lepu prirodu za razliku od njihovog dvojnika na ovoj zemlji.

Takođe, čak iako ljudi u Edenskom vrtu obično ne nose nikakvu odeću, oni ne osećaju sramotu i nisu skloni preljubništvu zato što nisu od grešne prirode i nemaju zlo u svojim srcima. To je kao kad se novorođena beba naga slobodno igra, potpuno nesvesna i nezabrinuta onim što drugi mogu da misle ili kažu.

Okoliš Edenskog vrta je prikladan za ljude čak i ako oni ne nose nikakvu odeću, tako da ne osećaju nelagodnost što su goli. Kako dobro bi to bilo jer tamo nema ničeg poput škodljivih insekta ili bodlji koje mogu da oštete kožu!

Neki ljudi nose odeću. Oni su vođe grupa određene veličine. Takođe, u Edenskom vrtu postoji red i pravila. U jednoj grupi postoji vođa i članovi mu se povinuju i prate ga. Ove vođe nose odeću za razliku od ostalih, ali oni nose odeću samo da pokažu svoj položaj, ne da se pokriju, zaštite ili ukrase.

Postanak 3:8 beleži promenu temperature u Edenskom vrtu: „*I začuše glas Gospoda Boga, koji iđaše po vrtu kad zahladni; i sakri se Adam i žena mu ispred GOSPODA Boga među drveta u vrtu.*" Shvatate da ljudi osećaju „zahlađenje" u Edenskom vrtu. Ipak, to ne znači da oni moraju da se znoje po vrelom danu ili nekontrolisano drhte po hladnom danu kao što bi činili na ovom svetu.

Edenski vrt uvek ima najugodniji nivo temperature, vlažnosti i vetra tako da tamo nema nelagodnosti prouzrokovane promenama vremena.

Takođe, Edenski vrt nema dan i noć. Uvek je okružen svetlom Boga Oca i vi uvek osećate kao da je dan. Ljudi imaju vremena za odmor, i oni razlikuju vreme za odmor i vreme kada da su aktivni po promeni temperature.

Ipak, ova promena temperature ne znači da će se ona drastično povećati ili smanjiti tako da ljudi odjednom osete toplotu ili hladnoću. Ali će to učiniti da se komotno odmaraju na nežnom povetarcu.

## 2. Ljudi su odgojeni na zemlji

Edenski vrt je toliko širok i veliki da vi ne možete da mu zamislite veličinu. On je oko milijardu puta veći od ove zemlje. Prvo nebo, gde ljudi mogu da žive samo sedamdeset ili osamdeset godina, se čini bezgraničnim, protežući se od našeg sunčevog sistema do udaljenih galaksija. Koliko bi onda Edenski vrt, gde se ljudi množe bez da vide smrt, bio veći od Prvog neba?

U isto vreme, nije važno koliko lep, bogat i veliki je Edenski vrt, on nikada ne može biti upoređen ni sa jednim mestom na nebu. Čak je i raj, koji je čekaonica na nebu, mnogo lepše i veselije mesto. Večni život u Edenskom vrtu se mnogo razlikuje od večnog života na nebu.

Zato, kroz pregled Božjeg plana i jednog broja postupaka u Adamovom izbacivanju iz Edenskog vrta i odgajanja na ovoj zemlji, vi ćete videti koliko se Edenski vrt razlikuje od nebeske čekaonice.

## Drvo spoznaje dobra i zla u Edenskom vrtu

Prvi čovek Adam je mogao da jede sve što je hteo, pokori sva stvorenja i živi večno u Edenskom vrtu. Ipak, ako čitate Postanak 2:16-17 Bog zapoveda čoveku: *„Jedi slobodno sa svakog drveta u vrtu; ali s drveta od znanja dobra i zla, s njega ne jedi; jer u koji dan okusiš s njega, umrećeš."* Mada je Bog dao Adamu ogromnu vlast da pokori sva stvorenja i slobodnu volju, On je izričito zabranio Adamu da jede sa drveta spoznaje dobra i zla. U Edenskom vrtu, postoji mnogo vrsta živopisnog, lepog i ukusnog voća koje se ne može uporediti sa onim na ovoj zemlji. Bog je ostavio svo voće pod Adamovu kontrolu, pa je on mogao da jede koliko je hteo.

Međutim, voće sa drveta spoznaje dobra i zla je bilo izuzetak. Kroz ovo, vi treba da shvatite da, iako je Bog već znao da će Adam da jede sa drveta spoznaje dobra i zla, On nije samo tako ostavio Adama da počini greh. Kao što su mnogi ljudi pogrešno protumačili, da je Bog hteo da testira Adama time što je postavio drvo spoznaje dobra i zla, znajući da će Adam da proba, On ne bi tako žustro zapovedio Adamu. Tako vidite da Bog nije namerno postavio drvo spoznaje dobra i zla da bi dozvolio da Adam jede sa njega ili da ga testira.

Kao što je napisano u Jakovljevoj Poslanici 1:13: *„Nijedan kad se kuša da ne govori: Bog me kuša; jer se Bog ne može zlom iskušati, i On ne kuša nikoga,"* Bog Lično nije testirao nikoga.

Zašto je, dakle, Bog postavio drvo spoznaje dobra i zla u Rajskom Vrtu?

Ako možete da se osećate radosno, zadovoljno ili srećno, to je zato što ste osetili suprotna osećanja od žalosti, bola i uznemirenja. Po istom klišeu, ako znate da su dobrota, istina i svetlost dobri, to je zato što ste iskusili i znate da su zlo, neistina i tama loši.

Ako niste osetili ovu uslovljenost, vi u vašem srcu ne možete da osetite kako su dobri ljubav, dobrota i sreća čak iako to znate u vašoj glavi jer ste tako čuli.

Na primer, može li osoba koja nikad nije bila bolesna ili videla nekog bolesnog, znati za patnju bolesti? Ova osoba čak i ne bi znala da je biti zdrav relativno dobro. Takođe, ako osoba nikad nije bila u nevolji i nije znala nikog koji je u nevolji, koliko bi ona znala o siromaštvu? Ovakva osoba ne bi osećala da je „dobro" biti bogat, bez obzira koliko ona bila bogata. Isto tako, ako čovek nije doživeo siromaštvo, njegov duh ne može biti istinski zahvalan iz dubine srca.

Ako čovek ne zna vrednost dobrih stvari koje ima, on ne zna vrednost sreće koju uživa. Međutim, ako je čovek osetio patnju bolesti i tugu siromaštva, on će biti sposoban da bude zahvalan iz srca za radost koja proizilazi iz toga da je zdrav i bogat. Ovo je razlog zašto je Bog morao da postavi drvo spoznaje dobra i zla.

Zato su Adam i Eva, koji su isterani iz Edenskog vrta, iskusili ovu uslovljenost i shvatili ljubav i blagoslove koje im je Bog dao. Samo tada oni mogu postati istinska Božja deca koja znaju vrednost istinske sreće i života.

Međutim, Bog nije namerno navodio Adama da ide ovim putem. Adam je svojom sopstvenom voljom odabrao da ne posluša Božju zapovest. Bog je, u lično Svojoj ljubavi i pravednosti, isplanirao ljudsko kultivisanje.

## Božje proviđenje o ljudskom kultivisanju

Kada su ljudi Edenskog vrta bili isterani otuda i počeli da se kultivišu na ovoj zemlji, oni su morali da iskuse svakojake patnje kao što su suze, tuga, bol, bolest i smrt. Ali to ih je odvelo da osete pravu sreću i uživaju večni život na nebu, na njihovu veliku zahvalnost.

Zato, to što nas je učinio Svojom istinskom decom kroz ovo kultivisanje je samo primer Božje čudesne ljubavi i plana. Roditelji ne bi mislili da je gubljenje vremena da obučavaju i ponekad kazne svoju decu ako to može da pomogne i učini njihovu decu uspešnom. Takođe, ako njihova deca veruju u slavu koju će primiti u budućnosti, ona će biti strpljiva i prevazići će sve teške situacije i prepreke.

Isto tako, ako razmišljate o istinskoj sreći koju ćete uživati na nebu, biti kultivisan na ovoj zemlji nije nešto teško ili bolno. Umesto toga, vi bi bili zahvalni za mogućnost da živite po Božjoj reči zato što se nadate slavi koju ćete primiti kasnije.

Pa koga će Bog smatrati dražim-one koji su istinski zahvalni Bogu nakon što su iskusili mnogo muka na ovoj zemlji, ili ljude u Edenskom vrtu koji nisu zaista zahvalni za ono što imaju mada žive u tako lepom i bogatom okruženju?

Bog je kultivisao Adama, koji je bio isteran iz Edenskog vrta, i kultiviše njegove potomke na ovoj zemlji da ih učini Svojom istinskom decom. Kada se ova kultivacija završi i kuće na nebu budu spremne, Gospod će se vratiti. Ako živite na nebu, vi ćete imati večnu sreću zato što se čak i najniži nivo neba ne može uporediti sa lepotom Edenskog vrta.

Zato, vi treba da shvatite Božje proviđenje u ljudskoj kultivaciji i težite da postanete Njegovo istinsko dete koje deluje po Njegovoj Reči.

## 3. Nebeska čekaonica

Naslednici Adama, koji nije poslušao Boga, osuđeni su da jednom umru, i posle toga da se suoče sa Strašnim Sudom (Poslanica Jevrejima 9:27). Ipak, duhovi ljudskih bića su besmrtni, tako da oni moraju da odu ili na nebo ili u pakao.

Međutim, oni direktno ne idu na nebo ili u pakao, nego ostaju u čekaonici na nebu ili u paklu. Onda, kakvo mesto je čekaonica na nebu gde borave Božja deca?

### Čovekov duh napušta njegovo telo na kraju

Kada čovek umre, duh napušta telo. Nakon smrti, svako ko nije znao ovo biće veoma iznenađen kada on ili ona vidi potpuno istu osobu kako leži dole. Čak i ako je on vernik, koliko čudno će biti odmah nakon što njegov duh napusti njegovo sopstveno telo? Ako odete u četvorodimenzionalni svet iz trodimenzionalnog sveta u kome trenutno živite, sve je mnogo drugačije. Telo oseća veliku svetlost i osećaćete se kao da letite. Ipak, vi ne možete da imate neograničenu slobodu čak i pošto vaš duh izađe iz tela.

Baš kao i što mali ptići ne mogu odmah da polete iako su rođeni sa krilima, trebaće vam vremena da se prilagodite duhovnom svetu i naučite osnovne stvari.

Tako da oni koji umru sa verom u Isusa Hrista u pratnji dva anđela odlaze do Višeg groba. Tamo uče o životu na nebu od anđela ili proroka.

Ako čitate Bibliju, shvatate da postoje dve vrste grobova. Praoci vere kao što su Jakov i Jov kažu su da će otići u grob nakon smrti (Postanak 37:35; Jov 7:9). Korej i njegova grupa koji su bili protiv Mojsija, čoveka Božjeg, živi su upali u grob (Brojevi 16:33).

Jevanđelje po Luki 16 prikazuje bogatog čoveka i prosjaka po imenu Lazar koji odlaze u grobove nakon smrti, a vi shvatate da oni nisu u istom „grobu." Bogat čovek mnogo pati u vatri dok Lazar počiva kraj Avrama negde daleko.

Isto tako, postoji grob za one koji su spašeni, dok postoji i drugi grob za one koji nisu spašeni. Grob u kojem su završili Korej i njegovi ljudi, i bogat čovek, je Had koji se takođe zove „Niži grob," koji pripada paklu, ali grob u kome je Lazar završio je Viši grob koji pripada nebu.

**Trodnevni boravak u Višem grobu**

U vreme Starog Zaveta, oni koji su spašeni čekali su u Višem grobu. Pošto je Avram, praotac vere, bio zadužen za Viši grob, prosjak Lazar je kraj Avrama u Jevanđelju po Luki 16. Međutim, nakon što je Gospod vaskrsnuo i popeo se na nebo, oni koji su spašeni ne idu više u Viši grob, pored Avrama. Oni ostaju u Višem grobu tri dana, i onda idu negde u Raj. To jest, oni će biti sa Gospodom u nebeskoj čekaonici.

Kao što Isus govori u Jevanđelju po Jovanu 14:2: „*Mnogi su stanovi u kući Oca mog. A da nije tako, kazao bih vam; idem da vam pripravim mesto,*" nakon Njegovog uskrsnuća ulaska na nebo, naš Gospod je pripremao mesto za svakog vernika. Otuda, od kako je Gospod počeo da priprema mesto za Božju decu, oni koji su spašeni boravili su u nebeskoj čekaonici, negde u Raju.

Neki se pitaju kako toliko mnogo ljudi još od nastanka mogu da žive u Raju, ali nema potrebe za brigom. Čak i solarni sistem kome pripada ova zemlja je samo tačka u poređenju sa galaksijom. Onda, koliko velika je galaksija? Upoređena sa celim univerzumom, galaksija je jedva tačka. Koliko je, onda, veliki univerzum?

Šta više, ovaj univerzum je jedan od mnogih, tako da je nemoguće izmeriti veličinu čitavog univerzuma. Ako je ovaj fizički svet tako veliki, koliko bi bio veći duhovni svet?

### Nebeska čekaonica

Onda, kakvo mesto je Nebeska čekaonica gde oni koji su spašeni borave nakon što su se tri dana prilagođavali u Višem grobu?

Kada ljudi vide tako lep prizor, oni kažu: „Ovo je Raj na

zemlji," ili „Ovo je kao Edenski vrt!" Edenski vrt, međutim, se ne može uporediti ni sa jednom lepotom ovog sveta. Ljudi u Edenskom vrtu žive tako prelepe, kao san živote pune sreće, mira i zadovoljstva. Ipak, to samo izgleda dobro ljudima na ovoj zemlji. Jednom kada odete na nebo, vi ćete odmah odbaciti takvu predstavu.

Baš kao što Edenski vrt ne može da se uporedi sa ovom zemljom, nebo ne može da se uporedi sa Edenskim vrtom. Postoji osnovna razlika između sreće u Edenskom vrtu koji pripada Drugom nebu, i sreće u Nebeskoj čekaonici Raja u Trećem nebu. To je zato što ljudi u Edenskom vrtu nisu stvarno Božja istinska deca čija su srca kultivisana.

Dozvolite mi da navedem jedan primer kako bih vam pomogao da ovo bolje razumete. Pre nego što je postojala struja, stari Korejanci su koristili lampe na petrolej. Ove lampe su bile toliko mračne za razliku od električnog svetla koje imamo danas, ali su bile toliko dragocene kada noću nije bilo svetla. Nakon što su ljudi razvili i naučili da koriste struju, međutim, došli smo do električnih sijalica. Za one koji su navikli da vide samo sa petrolejskim lampama, električne sijalice su bile tako neverovatne da ih je njihova svetlost hipnotisala.

Ako kažete da je ova zemlja u potpunoj tami bez ikakve svetlosti, možete da kažete da je Edenski vrt mesto gde ljudi imaju petrolejske lampe, a nebo je mesto sa električnim sijalicama. Baš kao što su petrolejska lampa i električna sijalica totalno različite iako daju svetlo, Nebeska čekaonica je potpuno drugačija od Edenskog vrta.

## Čekaonica je smeštena na ivici Raja

Nebeska čekaonica je smeštena na ivici Raja. Raj je mesto za one koji imaju najmanje vere, pa je i najdalje od Božjeg prestola. To je veoma veliko mesto. Oni koji čekaju na ivici Raja uče duhovno znanje od proroka. Oni uče o Trojedinom Bogu, nebu, pravilima duhovnog sveta, itd. Mera takvog znanja je neograničena, tako da nema kraja učenju. Ipak, učenje duhovnih stvari nikada nije dosadno ili teško za razliku od nekih studija sa ove zemlje. Što više učite, sve ste više zadivljeni i prosvetljeni, pa je sve još milosnije.

Čak i na ovoj zemlji, oni koji imaju čista i popustljiva srca mogu da razgovaraju sa Bogom i da dostignu duhovno znanje. Neki od ovih ljudi vide duhovni svet zato što su njihove duhovne oči otvorene. Takođe, neki ljudi mogu da shvate duhovne stvari inspirisani Svetim Duhom. Oni mogu da nauče o veri ili pravilima za dobijanje odgovora u molitvama, tako da čak i u ovom fizičkom svetu oni mogu da iskuse Božju moć koja pripada duhu.

Ako možete da učite o duhovnim stvarima i iskusite ove stvari u ovom fizičkom svetu, vi ćete postati još energičniji i srećniji. Onda, koliko radosniji i srećniji ćete biti ako možete da naučite dubinu duhovnih stvari u Nebeskoj čekaonici!

## Dobijanje vesti sa ovog sveta

U kakvom životu ljudi uživaju u Nebeskoj čekaonici? Oni doživljavaju pravi mir i iščekuju odlazak u svoje večne kuće na nebu. Ne oskudevaju ni u čemu i uživaju u sreći i zadovoljstvu.

Oni ne troše uzaludno svoje vreme, već nastavljaju da uče mnogo stvari od anđela i proroka.

Među njima su imenovane vođe i oni žive u redu. Njima je zabranjeno da siđu na ovu zemlju, tako da su uvek radoznali o tome šta se događa ovde. Oni nisu radoznali u vezi svetovnih stvari, već su radoznali u vezi stvari koje se tiču Božjeg kraljevstva, kao što su: „Šta se dešava u crkvi u kojoj sam ja služio? Koliko je od svojih zadatih dužnosti ispunila crkva? Kako napreduje svetska misija?"

Tako da su oni veoma zadovoljni kada čiju vesti o ovom svetu putem anđela koji mogu da siđu na ovaj svet, ili proroka u Novom Jerusalimu.

Bog mi je jednom otkrio o nekim članovima moje crkve koji su upravo boravili u Nebeskoj čekaonici. Oni se mole na različitim mestima i čekaju da čuju vesti o mojoj crkvi. Oni se naročito interesuju za zadatak dat mojoj crkvi, a to je svetska misija i izgradnja Velikog Hrama. Oni su veoma srećni kad god čuju dobre vesti. Kada čuju vesti o slavljenju Boga kroz naše preko-okeanske pohode, toliko su uzbuđeni i zadovoljni da održe proslavu.

Isto tako, ljudi u Nebeskoj čekaonici provode sretno i divno vreme, i ponekad čuju vesti o ovoj zemlji.

### Stroga naredba u Nebeskoj čekaonici

Ljudi sa različitim nivoima vere, koji će ući na različita mesta na nebu posle Sudnjeg Dana, svi borave u Nebeskoj čekaonici, ali naredbe moraju striktno da se poštuju. Ljudi koji imaju manje vere pokazaće svoje poštovanje onima sa većom verom tako što će pognuti svoje glave. Duhovne naredbe nisu opredeljene pozicijom sa ovog sveta, već stepenom njihove posvećenosti i vernosti u njihovim Bogom datim zadacima. Na ovaj način, naredbe se strogo poštuju zato što Bog pravednosti vlada nebom. Pošto je naredba određena na osnovu toga koliko je blistava svetlost, kolika je granica dobrote i veličina ljubavi svakog vernika, niko ne može da se žali. Na nebu, svako se povinuje duhovnoj naredbi zato što nema zla u mislima spašenih. Međutim, ova naredba i različite vrste slave nisu zamišljene da omoguće prisilno povinovanje. Ono dolazi samo iz ljubavi i poštovanja iz istinskih i iskrenih srca. Prema tome, u Nebeskoj čekaonici, oni poštuju sve one koji su srcem ispred njih i pokazuju svoje poštovanje tako što saginju svoje glave, zato što prirodno osećaju duhovnu razliku.

## 4. Ljudi koji ne ostaju u nebeskoj čekaonici

Svi ljudi koji će ući na odgovarajuća mesta na nebu nakon Sudnjeg Dana, trenutno borave na ivici Raja, u Nebeskoj čekaonici. Postoje, međutim, neki izuzeci. Oni koji treba da idu u Novi Jerusalim, najlepše mesto na nebu, otići će pravo u Novi Jerusalim i pomoći u Božjem radu. Ova vrsta ljudi, koja ima srce Boga koje je čisto i divno kao kristal, žive pod posebnom ljubavlju i brigom Božjom.

### Oni će pomoći u Božjem radu u Novom Jerusalimu

Gde bi naši praoci vere, posvećeni i verni u celoj Božjoj kući, kao što su Ilija, Enoh, Avram, Mojsije i apostol Pavle, sada bili? Da li borave na ivici Raja, u Nebeskoj čekaonici? Ne. Pošto su ovi ljudi u potpunosti posvećeni i potpuno nalik Božjem srcu, oni su već u Novom Jerusalimu. Ipak, zato što se Suđenje još nije dogodilo, oni ne mogu da odu u njima namenjene odgovarajuće večne kuće.

Onda, gde u Novom Jerusalimu oni borave? U Novom Jerusalimu, koje ima hiljadu i petsto milja širine, dužine i visine, ima nekoliko duhovnih mesta različitih dimenzija. Tako postoji mesto za Božji presto, neka mesta gde su već izgrađene kuće, i druga mesta gde naši praoci vere, koji su već ušli u Novi Jerusalim, rade sa Gospodom.

Naši praoci vere, koji već borave u Novom Jerusalimu, čeznu za danom kada će ući na svoja večna mesta, dok sa Gospodom pomažu u Božjim radu na pripremanju naših mesta. Oni željno iščekuju da uđu u svoje večne domove zato što tamo mogu da uđu samo nakon Drugog Isusovog dolaska u vazduhu, sedmogodišnjeg svadbenog banketa, i Milenijuma na ovoj zemlji.

Apostol Pavle, koji je bio ispunjen nadom za nebo, svedoči sledeće u 2 Timotejevoj Knjizi 4:7-8.

*Dobar rat ratovah, trku svrših, veru održah; dalje, dakle, meni je pripravljen venac pravde, koji će mi dati Gospod u dan onaj, pravedni sudija; ali ne samo meni, nego svima koji se raduju Njegovom dolasku.*

Oni koji vode dobar rat i imaju nadu u Gospodnjev povratak imaju i jasnu nadu za mesto i nagrade na nebu. Ova vrsta vere i nade može da se uveća ako znate više o duhovnom carstvu, i zbog toga ja objašnjavam nebo do detalja.

Edenski vrt u Drugom nebu ili Nebeska čekaonica u Trećem nebu su još lepši nego ovaj svet, ali čak se ni ova mesta ne mogu uporediti sa slavom i sjajem Novog Jerusalima koji udomljava Božji presto.

Prema tome, ja se molim u ime Gospoda da ćete vi ne samo trčati ka Novom Jerusalimu sa vrstom vere i nade apostola Pavla, već da ćete povesti mnogo duša sa sobom ka putu spasenja šireći Jevanđelje čak iako taj zadatak zahteva vaš život.

# Poglavlje 3

## Sedmogodišnji svadbeni banket

1. Gospodov povratak i sedmogodišnji svadbeni banket
2. Milenijum
3. Nebo kao nagrada nakon Sudnjeg dana

*Blažen je i svet onaj
koji ima deo u prvom vaskrsenju;
nad njima druga smrt nema oblasti;
nego će biti sveštenici Bogu i Hristu
i carovaće s Njim hiljadu godina.*

- Otkrivenje Jovanovo 20:6 -

Pre nego što primite svoju nagradu i počnete da živite večni život na nebu, vi ćete proći kroz Sud Belog prestola. Pre dana Velikog suda, desiće se Gospodov drugi dolazak u vazduhu, Sedmogodišnji banket, Gospodov povratak na zemlju i Milenijum.

Sve ovo je Bog pripremio da ugodi Svojoj voljenoj deci koja su održala svoju veru na ovoj zemlji, i da im dozvoli da okuse nebo.

Zbog toga, oni koji veruju u Drugi dolazak Gospoda i nadaju se susretu sa Njim, koji je naš ženik, radovaće se Sedmogodišnjem svadbenom banketu i Milenijumu. Reč Božja zapisana u Bibliji je istinita i sva prorokovanja su bila ispunjena danas.

Vi bi trebalo da budete mudar vernik i da date sve od sebe da se pripremite kao Njegova mlada shvatajući da, ako niste budni i da ne živite po Božjoj reči, dan Gospodnji će doći kao lopov i vi ćete pasti u smrt.

Hajde da pogledamo detaljnije čudesne stvari koje će Božja deca iskusiti pre nego što uđu na nebo koje je čisto i divno kao kristal.

## 1. Gospodov povratak i sedmogodišnji svadbeni banket

Apostol Pavle piše u Knjizi Rimljanima 10:9: *„Jer, ako priznaješ ustima svojim da je Isus Gospod, i veruješ u srcu svom da Ga Bog podiže iz mrtvih, bićeš spasen."* Kako bi dostigli spasenje, vi ne samo da morate priznati Isusa kao svog

Spasitelja nego i verovati u vašem srcu da je On umro i uzdigao se ponovo iz mrtvih.

Ako ne verujete u Isusovo vaskrsenje, vi ne možete da verujete u vaše moguće vaskrsenje koje će biti sa Drugim Gospodovim dolaskom. Vi čak nećete moći da verujete ni u sam Gospodov povratak. Ako ne možete da verujete u postojanje neba i pakla, onda nećete dostići snagu da živite po Božjoj reči, i nećete dostići spasenje.

## Konačni cilj hrišćanskog života

Kaže se u 1 Poslanici Korinćanima 15:19: *"I ako se samo u ovom životu uzdamo u Hrista, najnesrećniji smo od svih ljudi."* Deca Božja, za razliku od nevernika sveta, dolaze u crkvu, posećuju službe, i služe Gospodu na mnoge načine svake nedelje. Kako bi živeli po reči Božjoj, oni često poste, i mole se revnosno u hramu Božjem ujutru rano ili kasno navečer čak iako im je ponekad potreban odmor.

Takođe, oni ne teže svojim vlastitim dobitima, već služe druge i žrtvuju sebe za kraljevstvo Božje. Zbog toga, da ne postoji nebo, vernike bi trebalo najviše žaliti. Ipak, izvesno je da se Gospod vraća da vas odvede na nebo, i da On sprema prelepo mesto za vas. On će vas nagraditi shodno sa onim šta ste posejali i uradili na ovom svetu.

Isus govori u Jevanđelju po Mateju 16:27: *"Jer će doći Sin čovečiji u slavi Oca svog s anđelima svojim, i tada će se vratiti svakome po delima njegovim."* Ovde, "nagraditi svakoga po delima njegovim" ne odnosi se jednostavno na odlazak na nebo ili u pakao. Čak i među vernicima koji odu na nebo, nagrada i slava koja im se daje razlikuju se shodno sa načinom na koji su živeli na ovoj zemlji.

Neki se bune i plaše da čuju kako će se Gospod uskoro vratiti. Ipak, ako istinski volite Gospoda i nadate se nebu, prirodno je da žudite i čekate da što pre sretnete Gospoda. Ako vašim usnama priznate: „Volim te Gospode," ali ne volite i čak se plašite da čujete da se Gospod vraća uskoro, ne može se reći da zaista volite Gospoda.

Zato treba da primite Gospoda, vašeg ženika, sa zadovoljstvom tako što ćete se u vašem srcu radovati Njegovom drugom dolasku i pripremiti sebe kao mladu.

## Drugi Gospodov dolazak u vazduhu

Napisano je u 1 Poslanici Solunjanima 4:16-17: *„Jer će sam Gospod sa zapovešću, sa glasom Arhanđelovim, i s trubom Božjom sići s neba; i mrtvi u Hristu vaskrsnuće najpre. A potom mi živi koji smo ostali, zajedno s njima bićemo uzeti u oblake na susret Gospodu na nebo, i tako ćemo svagda s Gospodom biti."*

Kada se Gospod ponovo vrati u vazduhu, svako dete Božje će se promeniti u duhovno telo i biće podignuto u vazduh da primi Gospoda. Ima nekih ljudi koji su bili spašeni i umrli su. Njihova tela su zakopana ali njihove duše čekaju u Raju. Mi za takve ljude kažemo: „spavaju u Gospodu." Njihove duše će se sastaviti sa njihovim duhovnim telima koja su transformisana iz njihovih starih, pokopanih tela. Njih će pratiti oni koji će primiti Gospoda ne videvši smrt, promeniće se u duhovna tela, i biće podignuti u vazduh.

### Bog pravi Svadbeni banket u vazduhu

Kada se Gospod vrati u vazduh, svako ko je bio spašen od dana postanka će prihvatiti Gospoda kao mladoženju. Tada Bog započinje Sedmogodišnji svadbeni banket da ugodi Svojoj deci koja su spašena kroz veru. Oni će kasnije svakako primiti nagrade na nebu za svoja dela, ali za sada, Bog ipak pravi ovaj banket u vazduhu da ugodi svoj Svojoj deci.

Na primer, ako se general trijumfalno vrati, šta će kralj uraditi? On će dati generalu mnogo nagrada za njegovu odanu službu. Kralj će mu možda dati kuću, zemlju, novčanu nagradu, a takođe i zabavu kao nadoknadu za njegovu službu.

Na isti način, Bog daje Svojoj deci mesto gde da borave i nagrade na nebu nakon Sudnjeg dana ali pre toga, On pravi i Svadbeni banket kako bi se Njegova deca lepo provela i podelila svoju radost. Mada je na ovom svetu svako uradio nešto različito za kraljevstvo Božje, On pravi banket i zbog same činjenice da su oni spašeni.

Onda, gde je „vazduh" u kome će se održati Sedmogodišnji svadbeni banket? „Vazduh" se ovde ne odnosi na nebeski svod koji je vidljiv golim okom. Ako bi ovaj „vazduh" bio samo svod koji vidite vašim očima, svi oni koji su spašeni moraju imati banket lebdeći po nebeskom svodu. Takođe, mora da postoji toliko mnogo ljudi koji su spašeni još od nastanka, i svi oni ne bi mogli stati na ovom zemaljskom nebeskom svodu.

Šta više, banket će biti planiran i pripremljen sve do najsitnijeg detalja zato što ga Sam Bog pravi da udovolji Svojoj deci. Postoji mesto koje je Bog pripremio za duže vreme. Ovo mesto je „vazduh" koje je Bog pripremio za Sedmogodišnji svadbeni banket, i taj prostor je na Drugom nebu.

## „Vazduh" pripada Drugom nebu

Poslanica Efežanima 2:2 govori o vremenu: *„U kojima nekad hodiste po veku ovog sveta, po knezu koji vlada u vetru, po duhu koji sad radi u sinovima protivljenja."* Tako da je „vazduh" i mesto gde zli duhovi imaju vlast.

Međutim, mesto gde će biti Sedmogodišnji svadbeni banket i mesto gde zli duhovi postoje nisu ista. Razlog da je korišćen isti izraz „vazduh," je taj što oboje pripadaju Drugom nebu. Ipak, čak ni Drugo nebo nije celovito mesto, već je podeljeno u nekoliko područja. Tako da je mesto gde će Svadbeni banket biti održan odvojeno od mesta gde postoje zli duhovi.

Bog je stvorio novo duhovno kraljevstvo zvano Drugo nebo tako što je uzeo neki deo od celog duhovnog kraljevstva. Onda ga je On podelio na dva dela. Jedan je Eden, što je oblast svetlosti koja pripada Bogu, a druga je oblast tame koju je Bog dao zlim duhovima.

Bog je stvorio Edenski vrt, gde bi Adam ostao sve do početka ljudskog kultivisanja, na istoku Edena. Bog je uzeo Adama i stavio ga u ovaj Vrt. Takođe, Bog je dao područje tame zlim duhovima i dozvolio im da tamo ostanu. Ovo područje tame i Eden su strogo odvojeni.

## Mesto Sedmogodišnjeg banketa

Onda, gde će Sedmogodišnji banket biti održan? Edenski vrt

je samo deo Edena, a u Edenu postoji mnogo drugih mesta. Na jednom od ovih mesta Bog je pripremio mesto za Sedmogodišnji svadbeni banket.

Mesto gde će se Sedmogodišnji svadbeni banket održati je mnogo lepše od Edenskog vrta. Tamo ima mnogo prelepog cveća i drveća. Svetla mnogih boja sijaju tako sjajno, i neopisivo lepa i čista priroda okružuje mesto.

Ono je takođe toliko veliko zato što će svi oni koji su spašeni još od nastanka, zajedno imati banket. Tamo postoji veoma veliki zamak, a on je dovoljno veliki da svako ko je pozvan na banket može da uđe. Banket će biti održan u ovom zamku, i biće neopisivo prelepih momenata. Sada, želeo bih da vas pozovem u ovaj zamak na Sedmogodišnji svadbeni banket. Nadam se da možete osetiti radost što ste mlada Gospodova, koji je počasni gost na banketu.

### Susret sa Gospodom na svetlom i prelepom mestu

Kada stignete u dvoranu gde je banket, naći ćete tako brilijantnu sobu ispunjenu jarkom svetlošću koju nikada niste videli. Osećate kao da je vaše telo lakše nego perje. Kada se nežno spustite na travu, počećete da svojim očima uočavate okruženje koje s prva nije vidljivo zbog užasno sjajne svetlosti. Vidite nebo i jezero toliko jasno i čisto da može da vam zaslepi oči. Ovo jezero sija kao što drago kamenje isijava svoje lepe boje kad god se voda talasa.

Sve četiri strane su ispunjene cvećem a zelene šume okružuju celu oblast. Cveće se leluja napred i nazad kao da vam maše i vi možete da osetite toliko duboke, lepe i slatke mirise kakve još nikada niste osetili. Uskoro dolaze raznobojne ptice i žele vam dobrodošlicu svojom pesmom. U jezeru, koje je toliko čisto da možete videti stvari ispod površine, čudesno lepe ribe pomaljaju svoje glave i dočekuju vas. Čak i trava na kojoj stojite je meka kao pamuk. Vetar koji čini da vaša odeća lagano leprša, nežno vas obavija. U tom trenutku, jaka svetlost vam ulazi u oči i vi vidite jednu osobu koja stoji u sred te svetlosti.

**Gospod vas grli, govoreći vam: „Moja nevesto, volim te"**

Sa nežnim osmehom na Svom licu, On vas raširenih ruku zove da Mu priđete. Kada se popnete do Njega, Njegovo lice postaje jasno vidljivo. Vi vidite Njegovo lice po prvi put, ali vrlo dobro znate ko je On. On je Gospod Isus, vaša ženik, koga volite i koga ste čeznuli da vidite sve ovo vreme. U ovom momentu, suze počinju da vam liju niz obraze. Vi ne možete prestati da prolivate suze zato što se sećate vremena kad ste bili kultivisani na ovoj zemlji.

Vi ćete se sada gledati licem u lice sa Gospodom sa kojim ste mogli da na zemlji savladate čak i najteže situacije, pa i kada ste se suočili sa mnogim progonima i iskušenjima. Gospod dolazi do vas, grli vas u Svoje naručje, i govori vam: „Moja nevesto, Ja sam čekao ovaj dan. Volim te."

Nakon što čujete ovo, još i više suza teče. Onda Gospod nežno briše vaše suze i grli vas jače. Kada pogledate u Njegove oči, možete da osetite Njegovo srce. „Ja znam sve o tebi. Ja znam sve tvoje suze i boli. Postojaće samo sreća i radost."

Koliko dugo ste čeznuli za ovim momentom? Kada ste u Njegovom zagrljaju, vi ste u najvećem miru, a radost i obilje obuzimaju celo vaše telo. Sada možete da čujete nežan, dubok, i prelepi zvuk slavopoja. Onda vas Bog drži za ruku i vodi vas do mesta sa koga slavopoj dolazi.

## Dvorana Svadbenog banketa je prepuna raznobojnog svetla

Momenat kasnije, vi vidite raskošan, sjajan zamak koji je tako veličanstven i prelep. Kada stanete ispred kapije zamka, ona se nežno otvara i sjajna svetlost iz zamka izlazi. Kada, kao da ste svetlom uvučeni unutra, uđete u zamak sa Gospodom, tamo je tako velika dvorana da ne možete videti njen drugi kraj. Dvorana je ukrašena prelepim ornamentima i predmetima, i prepuna je raznobojnih i sjajnih svetiljki.

Zvuk slavopoja je do sada postao jasniji i nežno se širi čitavom dvoranom. Konačno, Gospod objavljuje početak Svadbenog banketa glasom koji odjekuje. Sedmogodišnji svadbeni banket počinje, i čini se da se događaj dešava u vašem snu.

Da li osećate sreću ovog trenutka? Naravno, ne može svako ko je na banketu da bude sa Gospodom na ovaj način. Samo oni koji su kvalifikovani mogu da Ga prate izbliza i dobiti Njegov zagrljaj.

Zato treba sebe da pripremite kao mladu i učestvujete u božanskoj prirodi. Ipak, čak iako svi ljudi ne mogu da drže Gospodovu ruku, oni osećaju istu sreću i ispunjenost.

## Uživanje u srećnim trenucima uz pesmu i igru

Jednom kada Svadbeni banket počne, vi pevate i igrate sa Gospodom, slaveći ime Boga Oca. Vi igrate sa Gospodom, pričate o vremenu na ovoj zemlji, ili o nebu na kome ćete živeti. Vi takođe govorite o ljubavi Boga Oca i veličate Ga. Možete da imate prelepe razgovore sa ljudima sa kojima ste odavno želeli da budete.

Dok uživate u plodovima koji se tope u vašim ustima i pijete Vodu Života koja izvire iz Očevog prestola, banket se umilno nastavlja. Vi ne morate, međutim, da ostanete u zamku svih sedam godina trajanja. S vremena na vreme, izlazite iz zamka i provodite srećne momente.

Onda, koje vas srećne aktivnosti i događaji očekuju van zamka? Možete da imate vremena da uživate u prelepoj prirodi sklapajući prijateljstvo sa šumom, drvećem, cvećem i pticama. Možete da šetate sa voljenim ljudima putevima ukrašenim prelepim cvećem, pričate sa njim, ili ponekad da slavite Gospoda pesmom i igrom. Ima i mnogo stvari u kojima možete da uživate na široko otvorenom prostoru. Na primer, ljudi mogu da se voze čamcem po jezeru sa voljenima, ili sa Gospodom Lično. Možete da idete da plivate, ili da uživate u mnogim vrstama zabave i igara. Božja detaljna briga i ljubav obezbedila je mnoge stvari koje vam daju nezamislivu radost i zadovoljstvo.

Tokom Sedmogodišnjeg banketa nijedno svetlo se nikada ne gasi. Naravno, Eden je mesto svetlosti i tamo nema noći. U Edenu, vi ne morate da idete na spavanje i da se odmarate kao što činite na ovoj zemlji. Bez obzira koliko dugo da uživate, vi se nikada ne umarate, već namesto toga postajete još zadovoljniji i srećniji.

Zbog toga ne osećate protok vremena, i sedam godina prolazi kao sedam dana, ili čak sedam sati. Čak iako imate roditelje, decu ili rođake koji nisu podignuti ili pate od Velikog Stradanja, vreme prolazi tako brzo u radosti i sreći da ne možete čak ni misliti o njima.

## Iskazati veću zahvalnost zbog spasenja

Ljudi iz Edenskog vrta i gosti sa Svadbenog banketa mogu da vide jedni druge, ali ne mogu da dolaze i odlaze. Takođe, zli duhovi mogu da vide Svadbeni banket a i vi njih možete da vidite. Naravno, oni zli ne mogu čak ni da pomisle da se približe mestu banketa, ali vi ipak možete da ih vidite. Gledajući banket i sreću gostiju, zli duhovi trpe veliki bol. Za njih je neizdrživ bol to što ne mogu da uzmu još jednu osobu u pakao i što prepuštaju ljude Bogu kao Njegovu decu.

Suprotno tome, gledanje u zle duhove vas podseća koliko mnogo su se oni trudili da vas progutaju kao lav koji riče dok ste se kultivisali na ovoj zemlji.

Onda postajete još zahvalniji za milost Boga Oca, Gospoda, i Svetog Duha koji vas je zaštitio od moći tame i vodio vas da postanete Božje dete. Takođe postajete još zahvalniji onima koji su vam pomogli da idete ka putu života.

Tako da Sedmogodišnji svadbeni banket nije samo vreme za odmor i za utehu zbog bola zato što ste bili kultivisani na ovoj zemlji, već i vreme da se podsetite o vremenu na ovoj zemlji i da budete zahvalniji za ljubav Božju.

Vi takođe razmišljate o večnom životu na nebu koji će biti

divniji od Sedmogodišnjeg svadbenog banketa. Sreća na nebu ne može biti upoređena sa srećom Sedmogodišnjeg svadbenog banketa.

**Sedmogodišnje Veliko stradanje**

Dok se srećan svadbeni banket održava u vazduhu, Sedmogodišnje Veliko Stradanje se dešava na ovoj zemlji. Zbog vrste i jačine Velikog Stradanja koje nikada nije bilo i neće biti, veći deo zemlje je uništen i većina preostalih ljudi umire.

Naravno, neki od njih su spašeni takozvanim „pabirčenim spasenjem." Ima mnogo onih koji su ostavljeni na ovoj zemlji nakon Gospodovog drugog dolaska zato što nisu uopšte verovali, ili nisu dolično verovali. Ipak, kada se pokaju tokom Sedmogodišnjeg Velikog stradanja i postanu mučenici, mogu biti spašeni. Ovo je nazvano „pabirčeno spasenje."

Postati mučenik tokom Sedmogodišnjeg Velikog stradanja, ipak nije lako. Čak iako na početku odluče da postanu mučenici, mnogi od njih završavaju poričući Gospoda zbog okrutnih mučenja i progona koje sprovodi anti-Hrist koji ih sili da prihvate oznaku „666."

Oni obično snažno odbijaju da prime oznaku zato što ako je jednom prime, znaju da bi pripali Sotoni. Ipak, to je sve nego lako da se podnesu muke praćene neverovatnim bolovima.

Ponekad čak iako čovek može da prevaziđe muke, još teže je da gleda kako neko muči njegove voljene članove porodice. Zbog toga je veoma teško biti spašen ovim „pabirčenim spasenjem." Šta više, zato što ljudi ne mogu da prime nikakvu pomoć Svetog Duha tokom ovog vremena, čak je i mnogo teže da održe veru.

Zato se ja nadam da se nijedan od čitalaca neće suočiti sa Sedmogodišnjim Velikim Stradanjem. Razlog zbog kojeg objašnjavam Sedmogodišnje Veliko Stradanje je da vam dam do znanja da događaji zapisani u Bibliji o kraju vremena se događaju i biće tačno ispunjeni.

Drugi razlog je takođe zbog onih koji će biti ostavljeni na zemlji nakon što će Božja deca biti podignuta u vazduh. Dok pravi vernici odlaze u vazduh i imaju Sedmogodišnji svadbeni banket, mizerno Sedmogodišnje Veliko Stradanje se događa na ovoj zemlji.

### Mučenici dobijaju „pabirčeno spasenje"

Nakon Gospodovog povratka u vazduh, među ljudima koji nisu uzdignuti u vazduh će biti nekih koji se kaju zbog svoje neprave vere u Isusa Hrista.

Šta njih vodi do „pabirčenog spasenja" je reč Božja koju propoveda crkva i koja uzvišeno pokazuje Božja dela moći na kraju vremena. Oni su saznali kako da budu spašeni, koje tajne događaje će otkriti i kako treba da reaguju na svetske događaje koji su prorokovani kroz reč Božju.

Tako da ima nekih ljudi koji se stvarno kaju pred Bogom i spašeni su tako što postaju mučenici. Ovo je tako zvano „pabirčeno spasenje." Naravno, među takvim ljudima su Izraelci. Oni će saznati o „Poruci sa krsta" i shvatiti da Isus, koga nisu priznali kao Mesiju, je zaista Sin Božji i Spasitelj ljudske rase. Onda će se oni pokajati i biti deo „pabirčenog spasenja." Oni će se okupiti da jačaju svoju veru zajedno, a neki od njih će postati svesni srca Božjeg i postaće mučenici koji će biti spašeni.

Na ovaj način, spisi koji jasno objašnjavaju Božju reč ne samo da su od pomoći da uvećaju veru mnogih vernika, već takođe igraju veoma važnu ulogu za one koji nisu podignuti u vazduh. Zato vi treba da shvatite čudesnu ljubav i milost Božju, koji je pripremio sve za one koji će biti spašeni čak i nakon Gospodovog drugog dolaska u vazduh.

## 2. Milenijum

Mlade koje su završile Sedmogodišnji svadbeni banket sići će na ovu zemlju i vladaće sa Gospodom hiljadu godina (Otkrivenje Jovanovo 20:4). Kada se Gospod vrati na zemlju, On će je očistiti. On će prvo očistiti vazduh a onda će napraviti celu prirodu prelepom.

### Posete po čitavoj novoočišćenoj zemlji

Baš kao što i nedavno venčani par ide na medeni mesec, vi ćete ići na putovanja sa Gospodom, vašim mladoženjom, tokom Milenijuma nakon Sedmogodišnjeg svadbenog banketa. Šta ćete, onda, voleti najradije da posetite?

Božja deca, mlade Gospodove, bi želela da posete ovu zemlju ovde-onde pošto će morati uskoro da je napuste. Bog će sve stvari u Prvom nebu, kao što su zemlja na kojoj se kultivacija ljudi odigrala, sunce, i mesec pomeriti na drugo mesto posle Milenijuma.

Zato će nakon Sedmogodišnjeg svadbenog banketa, Bog Otac zemlju prelepo preurediti i dozvoliće vam da sa Gospodom vladate njome hiljadu godina pre nego što je premesti. Ovo je unapred planirani proces u providenju Božjem da je On stvorio sve stvari na nebu i zemlji za šest dana, i odmarao se sedmog dana. To je i za vas da ne žalite što napuštate zemlju već vam daje da vladate sa Gospodom hiljadu godina. Vi ćete uživati u divnom vremenu vladajući sa Gospodom hiljadu godina na ovoj prelepo preuređenoj zemlji. Posetom svih mesta na kojima niste bili dok ste živeli na ovoj zemlji, vi možete osetiti sreću i radost koju niste osetili do sada.

### Hiljadugodišnja vladavina

Tokom ovog vremena, nema neprijatelja Sotone i đavola. Baš kao i život u Edenskom vrtu, u takvom udobnom okruženju će biti samo mir i odmor. Takođe, oni koji su spašeni i Gospod će ostati na ovoj zemlji, ali oni ne žive sa telesnim ljudima koji su preživeli Veliko Stradanje. Spašeni ljudi i Gospod će živeti na odvojenom mestu nalik kraljevskoj palati ili zamku. Drugim rečima, oni duhovni će živeti u zamku, a oni telesni van zamka zato što telesna i duhovna tela ne mogu biti zajedno na jednom mestu.

Duhovni ljudi će se do tad već promeniti u duhovna tela i sad imaju večni život. Tako da oni žive mirišući arome kao što je miris cvetova, ali takođe mogu jesti sa telesnim ljudima kada su zajedno. Ipak, čak iako jedu, oni ne luče poput telesnih ljudi. Čak iako jedu fizičku hranu, oni je rastvaraju u vazduhu kroz dah.

Telesni ljudi će se kocentrisati na uvećanju broja zato što nema mnogo spašenih od Sedmogodišnjeg Velikog Stradanja. U ovo vreme, neće biti bolesti ili zla zato što je vazduh čist, i neprijatelj Satana i đavo neće biti tamo. Zato što neprijatelj Satana i đavo koji kontrolišu zlo su zatvoreni u dubokom ponoru, Ambisu, grešnost i zlo u ljudskoj prirodi neće imati uticaj (Otkrivenje Jovanovo 20:3). Takođe, pošto nema smrti, zemlja će opet biti ispunjena ljudima.

Onda, šta će jesti ljudi od krvi i mesa? Kad su Adam i Eva živeli u Edenskom vrtu, jeli su samo plodove i biljke koje nose seme (Postanak 1:29). Nakon što Adam i Eva nisu poslušali Boga pa su bili isterani iz Edenskog vrta, oni su počeli da jedu poljske biljke (Postanak 3:18). Posle Nojevog potopa, svet je postao još više zao i Bog je dozvolio ljudskoj vrsti da jede meso. Vi vidite da što je više zao svet postajao, postajala je više zla i hrana koju su ljudi jeli.

Tokom Milenijuma, ljudi jedu letinu sa polja ili voće sa drveća. Oni uopšte neće jesti mesa, baš kao što su radili i ljudi pre Nojevog potopa, zato što neće biti zla ili ubijanja. Takođe, zato što će sve civilizacije biti uništene u ratovima tokom Velikog stradanja, oni će se vratiti primitivnom načinu života i namnožiće se na zemlji koju je Gospod preuredio. Oni će početi iz početka u čistoj prirodi, koja je nezagađena, mirna i lepa.

Šta više, čak iako su oni iskusili toliko razvijenu civilizaciju pre Velikog stradanja i imaju znanje, današnja moderna civilizacija ne može biti postignuta za sto ili dvesta godina. Ipak, kako prolazi vreme i ljudi sakupljaju svoju mudrost, oni će možda biti u stanju da dostignu civilizaciju današnjeg nivoa na kraju Milenijuma.

## 3. Nebo kao nagrada nakon Sudnjeg dana

Posle Milenijuma, Bog će na kratko vreme osloboditi neprijatelja Satanu i đavola koji će biti zarobljeni u Ambisu, jami bez dna (Otkrivenje Jovanovo 20:1-3). Iako Sam Gospod vlada na ovoj zemlji kako bi telesne ljude, koji su preživeli Veliko stradanje, i njihove naslednike vodio do večnog spasenja, njihova vera nije istinita. Zato Bog dozvoljava Satani i đavolu da ih iskušaju.

Mnoge telesne ljude će zavesti neprijatelj đavo, pa će otići na put uništenja (Otkrivenje Jovanovo 20:8). Tako će Božji ljudi opet shvatiti razlog zašto je Bog morao da napravi pakao, i veliku ljubav Boga koji želi da dobije istinsku decu kroz ljudsku kultivaciju.

Zli duhovi, koji su za kratko vreme oslobođeni, će opet biti stavljeni u jamu bez dna, i tada će se desiti Strašni sud Belog prestola (Otkrivenje Jovanovo 20:12). Onda, kako će se Strašni sud Velikog belog prestola odigrati?

**Bog predsedava sudom Velikog belog prestola**

Jula 1982.god., dok sam se molio za otvaranje crkve, saznao sam do detalja o Strašnom sudu Velikog belog prestola. Bog mi je otkrio scenu u kojoj On sudi svima. Ispred prestola Boga Oca stajali su Gospod i Mojsije, a oko prestola su bili ljudi koji su imali ulogu porote.

Za razliku od sudija ovoga sveta, Bog je savršen i ne pravi greške. Ipak, On i dalje sudi zajedno sa Gospodom koji je zastupnik ljubavi, Mojsijem kao zakonskim tužiocem i drugim ljudima kao članovima porote. Otkrivenje Jovanovo 20:11-15 tačno opisuje kako će Bog suditi.

*Onda ja videh veliki beli presto, i Onog što seđaše na njemu, od čijeg lica bežaše nebo i zemlja, i mesta im se ne nađe. I videh mrtvace male i velike gde stoje pred prestolom, i knjige se otvoriše; i druga se knjiga otvori, koja je knjiga života; i sud primiše mrtvaci kao što je napisano u knjigama, po delima svojim. I more dade svoje mrtvace, i smrt i pakao dadoše svoje mrtvace; i sud primiše po delima svojim. Onda smrt i Had bačeni biše u jezero ognjeno. I ovo je druga smrt, jezero ognjeno. I ako se nečije ime ne nađe napisano u knjizi života, on bačen bi u jezero ognjeno.*

„Veliki beli presto" se ovde odnosi na Božji presto, koji je sudija. Bog, sedeći na prestolu koji je toliko sjajan da izgleda „beo," će učiniti konačni sud sa ljubavlju i pravednošću da pošalje plevu, ne pšenicu, u pakao.

Zbog toga je ponekad nazvan Strašni sud Belog prestola. Bog će suditi upravo po „knjizi života" koja beleži imena onih koji su spaseni i drugim knjigama koje beleže dela svakog pojedinca.

### Nespaseni će pasti u pakao

Ispred Božjeg prestola nije samo knjiga života nego i druge knjige koje beleže sva dela svake osobe koja nije prihvatila Gospoda ili koja nije imala istinsku veru (Otkrivenje Jovanovo 20:12).

Od momenta kad su ljudi rođeni do momenta kad je Gospod pozvao njihove duhove, svako delo ponaosob je zapisano u ovim knjigama. Na primer, vršenje dobrih dela, psovanje nekoga, udaranje nekoga ili ljutnja na ljude-sve je zapisano rukama anđela.

Baš kao što vi možete snimiti i na duže vreme sačuvati određene razgovore ili događaje uz pomoć video ili audio zapisa, tako anđeli zapisuju i snimaju sve situacije u knjigama na nebu po zapovesti svemogućeg Boga. Zato će se Strašni sud Belog prestola odvijati tačno bez ijedne greške. Kako će, onda, suđenje biti izvedeno?

Prvo će biti suđeno nespašenim ljudima. Ovi ljudi ne mogu doći pred Boga da im se sudi zato što su grešnici. Njima će samo biti suđeno u Hadu, čekaonici pakla. Čak iako ne izlaze pred Boga, suđenje će biti sprovedeno isto tako striktno kao da se odvija pred Bogom Lično.

Među grešnicima, Bog će prvo suditi onima čiji su gresi teži. Posle presude nad svim onima koji nisu spašeni, oni će svi zauvek otići ili u ognjeno jezero ili jezero gorućeg sumpora i biti večno kažnjeni.

## Spašeni primaju nagrade na nebu

Nakon što se suđenje onima koji nisu spašeni završi na takav način, pratiće ga davanje nagrada onima koji su spašeni. Kao što je obećano u Otkrivenju Jovanovom 20:12: *„I evo ću doći skoro, i plata Moja je sa Mnom, da dam svakome po delima njegovim,"* mesta i nagrade na nebu biće određene na taj način.

Suđenje za davanje nagrada će se mirno odigrati pred Bogom

zato što je ono za Božju decu. Procedura suđenja za davanje nagrada počinje sa onima koji imaju najveće i najviše nagrada prema onima sa najmanje nagrada, i onda će deca Božja zauzeti svoja odgovarajuća mesta.

> *I noći tamo neće biti; i neće potrebovati videla od žiška, ni videla sunčanog, jer će ih obasjavati Gospod Bog, i carovaće va vek veka* (Otkrivenje Jovanovo 22:5).

Uprkos mnogim nevoljama i poteškoćama na ovom svetu, koliko je to srećno što imate nadu za nebo! Tamo, vi zauvek živite sa Gospodom jedino uz sreću i radost ali bez suza, tuge, bola, bolesti ili smrti.

Samo malo sam opisao Sedmogodišnji svadbeni banket i Milenijum tokom kojeg ćete vi vladati sa Gospodom. Kada su ova vremena, koja su samo uvod životu na nebu, tako srećna, koliko srećniji i radosniji će biti život na nebu. Zato, vi treba da hitate prema vašem mestu i nagradama pripremljenim za vas na nebu sve do momenta kada se Gospod vrati da vas uzme.

Zašto su se naši praoci vere tako jako upinjali i mnogo patili da idu uskim putem Gospodnjim, umesto lakim putem ovog sveta? Oni su postili i molili se mnogo noći da bi oterali svoje grehe i potpuno posvetili sebe zato što su imali nadu za nebo. Zato što su oni verovali u Boga koji će ih po delima njihovim nagraditi na nebu, oni su tako energično pokušavali da postanu sveti i budu verni u celoj Božjoj kući.

Zato, ja se molim u ime Gospoda da ćete ne samo učestvovati u Sedmogodišnjem svadbenom banketu i biti u rukama Gospodnjim, nego i da ostanete vrlo blizu Božjeg prestola na nebu tako što ćete dati sve od sebe uz vatrenu nadu za nebom.

## Poglavlje 4

# Tajne neba skrivene još od stvaranja

1. Tajne neba su bile otkrivene još od Isusovog vremena
2. Tajne neba otkrivene na kraju vremena
3. U kući Oca Mog mnogi su stanovi

Isus im odgovori:
„Vama je dano da znate
tajne carstva nebeskog,
a njima nije dano.
Jer ko ima, daće mu se,
i preteći će mu;
a koji nema,
uzeće mu se i ono što ima.
Zato im govorim u pričama,
jer gledajući ne vide,
i čujući ne čuju
niti razumeju."

Sve ovo u pričama govori Isus ljudima,
i bez priče ništa ne govoraše im:
Da se zbude šta je kazao prorok govoreći:
„Otvoriću u pričama usta svoja,
kazaću stvari sakrivene
od postanja sveta."

- Jevanđelje po Mateju 13:11-12, 34-35 -

Jednog dana, dok je Isus sedeo na morskoj obali, mnogo ljudi se okupilo. Tada im je u alegorijama Isus rekao mnoge stvari. Isusovi učenici su Ga tada pitali: *"Zašto i Ti govoriš u alegorijama?"* Isus im je odgovorio:

*"Vama je dano da znate tajne carstva nebeskog, a njima nije dano. Jer ko ima, daće mu se, i preteći će mu; a koji nema, uzeće mu se i ono što ima. Zato im govorim u pričama, jer gledajući ne vide, i čujući ne čuju niti razumeju. I zbiva se na njima proroštvo Isaijino, koje govori: "Ušima ćete čuti, i nećete razumeti; i očima ćete gledati, i nećete videti. Jer je odrvenilo srce ovih ljudi, i ušima teško čuju, i oči su svoje zatvorili da kako ne vide očima, i ušima ne čuju, i srcem ne razumeju, i ne obrate se da ih iscelim." A blago vašim očima što vide, i ušima vašim što čuju. Jer vam kažem zaista da su mnogi proroci i pravednici želeli videti šta vi vidite, i ne videše; i čuti šta vi čujete, i ne čuše"* (Jevanđelje po Mateju 13:11-17).

Baš kao što je Isus rekao, mnogi proroci i pravednici nisu mogli da vide ili čuju tajne carstva nebeskog iako su želeli da ih vide i čuju.

Ipak, zato što je Isus, koji je Sam Bog u suštoj prirodi, došao na ovu zemlju (Poslanica Filipljanima: 2:6-8), bilo je dozvoljeno da tajne neba budu otkrivene Njegovim učenicima. Kao što je napisano u Jevanđelju po Mateju 13:35: „*Da se zbude šta je kazao prorok govoreći:* „*Otvoriću u pričama usta svoja, kazaću sakriveno od postanja sveta,*"" Isus je govorio u alegorijama da ispuni što je napisano u Svetim Knjigama.

## 1. Tajne neba su bile otkrivene još od Isusovog vremena

U Jevanđelju po Mateju 13 postoje mnoge alegorije o nebu. Ovo je zato što bez alegorija, vi ne možete da razumete i shvatite tajne neba čak i kad mnogo puta pročitate Bibliju.

*Carstvo je nebesko kao čovek koji poseja dobro seme u polju svom* (stih 24).

*Carstvo je nebesko kao zrno gorušičino koje uzme čovek i poseje na njivi svojoj; Koje je istina najmanje od sviju semena, ali kad uzraste, veće je od svega povrća, i bude drvo da ptice nebeske dolaze, i sedaju na njegovim granama* (stihovi 31-32).

*Carstvo je nebesko kao kvasac koji uzme žena i metne u tri kopanje brašna dok sve ne uskisne* (stih 33).

*Još je carstvo nebesko kao blago sakriveno u polju, koje našavši čovek sakri i od radosti zato otide i sve što ima prodade i kupi polje ono* (stih 44).

*Još je carstvo nebesko kao čovek trgovac koji traži dobar biser, pa kad nađe jedno mnogoceno zrno bisera, otide i prodade sve što imaše i kupi ga* (stihovi 45-46).

*Još je carstvo nebesko kao mreža koja se baci u more i zagrabi od svake ruke ribe; Koja kad se napuni, izvukoše je na kraj, i sedavši, izabraše dobre u sudove, a zle baciše napolje* (stihovi 47-48).

Isto tako, Isus je kroz mnoge parabole propovedao o nebu, koje je u duhovnom carstvu. Zato što je nebo u nevidljivom duhovnom carstvu, vi ga možete shvatiti samo kroz alegorije.

Da bi imali večni život na nebu, vi morate da živite doličan život u veri znajući kako da posedujete nebo, kakvi ljudi će ući tamo, i kada će doći vreme da to bude ispunjeno.

Koji je konačni cilj odlaska u crkvu i živeti život u veri? To je biti spašen i otići na nebo. Ipak, ako ne možete da odete na nebo iako ste posećivali crkvu dugo vremena, koliko žalosni ćete biti?

Čak i u vreme Isusa, mnogi ljudi su se pridržavali zakona i iskazivali svoje verovanje u Boga, ali nisu bili dostojni da bi bili spašeni i otišli na nebo. U Jevanđelju po Mateju 3:2 iz ovog razloga, Jovan Krstitelj iz ovog razloga najavljuje: *„Pokajte se, jer se približi carstvo nebesko!"* i priprema put Gospodnji. Takođe, u Jevanđelju po Mateju 3:11-12, on je rekao ljudima da Isus jeste Spasitelj i Gospod Velikog Suda, govoreći: *„Ja dakle krštavam vas vodom za pokajanje, a Onaj koji ide za mnom,* jači je od mene, ja nisam dostojan Njemu obuću poneti; On će vas krstiti Duhom Svetim i ognjem. Njemu je lopata u ruci Njegovoj, pa će otrebiti gumno svoje; i skupiće pšenicu svoju u žitnicu, a plevu će sažeći ognjem večnim."* Pored toga, Izraelci tog vremena ne samo da nisu uspeli da Njega prepoznaju kao svog Spasitelja već su Ga i razapeli. Koliko je to tužno da oni i dalje čekaju svog Mesiju čak i danas.

### Tajne neba otkrivene Apostolu Pavlu

Iako Apostol Pavle nije bio jedan od Isusovih prvobitnih dvanaest učenika, on nije zaostajao ni za kim u svedočenju o Isusu Hristu. Pre nego što je Pavle sreo Gospoda, on je bio Farisej koji se strogo pridržavao zakona i tradicije poštovanja starešinstva, i Jevrejin koji je imao rimsko državljanstvo još od rođenja, koji je učestvovao u proganjanju ranih Hrišćana.

Međutim, nakon što je sreo Gospoda na putu ka Damasku, Pavle je promenio svoje mišljenje i poveo toliko mnogo ljudi ka putu spasenja tako što se usredsredio na evangelizaciju ne-jevreja.

Bog je znao da će Pavle trpeti veliki bol i progon dok propoveda jevanđelje. Zbog toga je On otkrio Pavlu čudesne tajne neba kako bi on mogao da postigne cilj (Poslanica Filipljanima 3:12-14). Bog mu je dozvolio da propoveda Jevanđelje sa najvećim zadovoljstvom i nadom za nebom.

Ako čitate Pavlove poslanice, videćete da je on pisao prepun inspiracije Svetog Duha o Gospodovom povratku, o vernicima podignutim u vazduh, njihovim mestima boravka na nebu, nebeskoj slavi, večnim nagradama i krunama, Melhisedekovom večnom svešteniku, i Isusu Hristu.

U 2 Poslanici Korinćanima 12:1-4, Pavle deli svoja duhovna iskustva sa crkvom u Korintu koju je osnovao, koja nije živela prema Božjoj reči.

*Ali mi se ne pomaže hvaliti, jer ću doći na viđenja i otkrivenja Gospodnja. Znam čoveka u Hristu koji pre četrnaest godina ili u telu ne znam, ili osmi tela, ne znam, Bog zna bi odnesen do trećeg neba. I znam za takvog čoveka ili u telu ili osim tela ne znam, Bog zna da bi odnesen u raj i ču neiskazane reči, kojih čoveku nije slobodno govoriti.*

Bog je odabrao Apostola Pavla za evangelizaciju nejevreja, opremio ga je vatrom, i dao mu vizije i otkrivenja. Bog ga je vodio da ljubavlju, verom i nadom za nebo prevaziđe sve nevolje. Na primer, Pavle je svedočio da je bio odveden u Raj na Trećem nebu i da je čuo o tajnama neba četrnaest godina ranije, ali one su bile tako čudesne da čoveku nije bilo dozvoljeno da govori o njima.

Apostol je čovek koji je pozvan od Boga i potpuno se pokorava Njegovoj volji. Ipak, bilo je nekih ljudi među članovima Korinćanske crkve koje su zaveli lažni učitelji, pa su osudili apostola Pavla.

U to vreme, Apostol Pavle je nabrojao nevolje koje je propatio za Gospoda i delio je svoja duhovna iskustva kako bi uputio Korinćane da postanu prelepe Gospodove neveste, tako što će delati po Božjoj reči. Ovo nije bilo da bi se hvalio svojim duhovnim iskustvima, već samo da braneći i potvrđujući svoje apostolstvo izgradi i učvrsti Hristovu crkvu.

Ono što morate ovde da shvatite je da Gospodove vizije i otkrivanja mogu biti data samo onima koji su ispravni u Božjim očima. Takođe, za razliku od članova Korinćanske crkve koji su zavedeni lažnim učiteljima osudili Pavla, vi ne smete suditi onome ko radi na širenju kraljevstva Božjeg, spašava mnogo ljudi, i priznat je od Boga.

## Tajne neba prikazane Apostolu Pavlu

Apostol Jovan je bio jedan od dvanaest Isusovih učenika i Isus ga je voleo veoma mnogo. Sam Isus ga nije samo zvao „učenik," već ga je i duhovno odgajao kako bi on mogao da služi svog učitelja iz blizine. On je bio tako preke naravi da su ga nekada zvali „sin groma," ali je postao apostol ljubavi nakon što je bio preobraćen Božjom moći. Jovan je pratio Isusa, težeći za slavom na nebu. On je bio i jedini učenik koji je čuo poslednjih sedam reči koje je Isus izgovorio na krstu. Bio je veran svom zadatku kao apostol, i postao je veliki čovek na nebu.

Kao ishod velikog progona Hrišćanstva od strane Rimskog carstva, Jovan je bio bačen u ključalo ulje, ali nije pogubljen pa je prognan na ostrvo Patmos. Tamo je duboko komunicirao sa Bogom i zabeležio je Knjigu Otkrivenja koja je puna tajni neba.

Jovan je pisao o vrlo mnogo duhovnih stvari kao što su presto Božji i Jagnjetov na nebu, bogosluženje na nebu, četiri živa stvorenja oko Božjeg prestola, Sedmogodišnje Veliko Stradanje i uloga anđela, Svadbeni banket Jagnjetov i Milenijum, Strašni Sud Belog prestola, pakao, Novi Jerusalim na nebu, i jama bez dna, Ambis.

Zato Apostol Jovan govori u Otkrivenju 1:1-3 da je Knjiga zabeležena kroz otkrivenja i vizije Gospodnje, i on je zapisivao sve zato što će se sve što je zapisano uskoro odigrati.

*Otkrivenje Isusa Hrista, koje dade Njemu Bog, da pokaže slugama svojim šta će skoro biti, i pokaza, poslavši po anđelu svom sluzi svom Jovanu, koji svedoči reč Božiju i svedočanstvo Isusa Hrista, i šta god vide. Blago onome koji čita i onima koji slušaju reči proroštva, i drže šta je napisano u njemu; jer je vreme blizu.*

Fraza „vreme je blizu" podrazumeva da je vreme Gospodovog povratka blizu. Zato je veoma važno da imate kvalifikacije da uđete na nebo tako što ćete se spasiti verom.

Čak iako idete u crkvu svake nedelje, vi ne možete da budete spašeni ako nemate veru sa delima. Isus vam govori: *„Neće svaki koji Mi govori: Gospode! Gospode! Ući u carstvo nebesko; no koji čini po volji Oca Mog koji je na nebesima"* (Jevanđelje po Mateju 7:21). Tako da ako ne radite po Božjoj reči, jasno je da nećete ući na nebo.

Zato apostol Jovan detaljno objašnjava događaje i proročanstva koja će se desiti i biti ispunjeni uskoro od Otkrivenja Jovanovog 4 pa nadalje, i zaključuje da se Gospod vraća i da treba da operete svoju odeću.

*I evo Ja ću doći skoro, i plata Moja sa Mnom, da dam svakome po delima njegovim. Ja sam Alfa i Omega, Prvi i Poslednji, Početak i Kraj. Blago onome koji tvori zapovesti Njegove, da im bude vlast na drvo života, i da uđu na vrata u grad* (Otkrivenje Jovanovo 22:12-14).

Duhovno, odeća stoji za čovekovo srce i dela. Oprati odeću se odnosi na pokajanje od grehova i pokušaj da živite po Božjoj volji.

Tako da do stepena do koga živite po reči Božjoj, vi ćete proći kroz kapije sve dok ne uđete na najlepše mesto neba, Novi Jerusalim.

Međutim, vi treba da shvatite da što više vaša vera raste, lepše mesto boravka na nebu će biti za vas.

## 2. Tajne neba otkrivene na kraju vremena

Dozvolite nam da se kroz Isusove alegorije u Jevanđelju po Mateju 13 udubimo u tajne neba koje su otkrivene i koje će se ostvariti na kraju vremena.

### On će odvojiti zle od pravednih

U Jevanđelju po Mateju 13:47-50, Isus kaže da je nebesko kraljevstvo kao mreža koja je bačena u jezero i u kojoj su uhvaćene sve vrste riba. Šta ovo znači?

*Još je carstvo nebesko kao mreža koja se baci u more i zagrabi od svake ruke ribe; koja kad se napuni, izvukoše je na kraj, i sedavši, izabraše dobre u sudove, a zle baciše napolje. Tako će biti na kraju veka; izići će anđeli i odvojiće zle od pravednih, i baciće ih u peć ognjenu; onde će biti plač i škrgut zuba.*

„More" se ovde odnosi na svet, „ribe" na sve vernike, a ribar koji baca mrežu u more i hvata ribu, na Boga. Šta, onda, znači za Boga da baci mrežu, da je izvuče kada je puna, i da sakupi dobru ribu u korpe i odbaci lošu? Ovo je da vam da do znanja da će na kraju vremena anđeli doći i sakupiti u nebo one ispravne a one loše baciće u pakao.

Danas, mnogi ljudi misle da će oni svakako ući u nebesko kraljevstvo ako prihvate Isusa Hrista. Isus, međutim, jasno govori: *„Izići će anđeli i odlučiće zle od pravednih, i baciće ih u peć ognjenu"* (Jevanđelje po Mateju 13:50). „Pravedni" se ovde odnosi na one koji su nazvani „pravednim" tako što veruju u Isusa Hrista u svojim srcima i odražavaju svoju veru delima. Vi ste „pravedni" ne zbog toga što znate Božju reč, već samo zato što se pokoravate Njegovim zapovestima i radite po Njegovoj volji (Jevanđelje po Mateju 7:21).

U Bibliji, ima „Čini," „Ne čini," „Održi" i „Odbaci." Samo oni koji žive po reči Božjoj su „pravedni" i smatra se da imaju duhovnu, živu veru. Ima ljudi za koje se kaže da su uopšteno pravedni, ali oni mogu da se kategorizuju kao „pravedni" sa ljudskog stanovišta ili „pravedni" sa Božjeg stanovišta. Zato vi treba da razumete razliku između pravednosti ljudske i Božje, i da postanete pravedan čovek u Božjim očima.

Na primer, ako čovek koji smatra sebe pravednim krade, ko će njega prihvatiti kao pravednog? Ako oni koji sebe nazivaju „Božja deca," nastave da čine grehe i ne žive po Božjoj reči, oni ne mogu biti zvani „pravedni." Ovakvi ljudi su zli među „pravednima."

**Različit sjaj svakog od nebeskih tela**

Ako prihvatite Isusa Hrista i živite shodno samo sa Božjom reči, vi ćete sijati kao sunce na nebu. Apostol Pavle detaljno piše o tajnama neba u 1 Poslanici Korinćanima 15:40-41.

*I imaju telesa nebeska i telesa zemaljska: ali je druga slava nebeskim, a druga zemaljskim. Druga je slava suncu, a druga slava mesecu, i druga slava zvezdama; jer se zvezda od zvezde razlikuje u slavi.*

Pošto čovek poseduje nebo samo verom, jasno je da će se slava neba razlikovati shodno sa merom nečije vere. Zbog toga postoji slava sunca, meseca, i zvezda; čak i među zvezdama, njihova mera sjaja se razlikuje.

Dozvolite nam da pogledamo u drugu tajnu neba kroz alegoriju o semenu gorušice u Jevanđelju po Mateju 13:31-32.

*On je predstavio drugo upoređenje njima, govoreći: „Carstvo je nebesko kao zrno gorušičino koje uzme čovek i poseje na njivi svojoj; Koje je istina najmanje od sviju semena, ali kad uzraste, veće je od svega povrća, i bude drvo da ptice nebeske dolaze, i sedaju na njegovim granama"*

Jedno seme goruščice je toliko malo kao tačkica napravljena hemijskom olovkom. Čak i ovo malo seme će porasti u veliko drvo, tako da će ptice iz vazduha doći i sedeti na granama. Onda, o čemu je Isus hteo da nas nauči kroz ovu alegoriju o semenu goruščice? Lekcije koje treba naučiti su da se nebo poseduje verom i da postoje različite mere vere. Tako da, čak iako imate sada „malu" veru, vi možete da je odgajite do „velike" vere.

### Čak i vera toliko mala kao seme goruščice

Isus u Jevanđelju po Mateju 17:20 kaže: „*Za neverstvo vaše; jer vam kažem zaista, ako imate vere koliko zrno gorušičino, reći ćete gori ovoj: Pređi odavde tamo, i preći će, i ništa neće vam biti nemoguće.*" U odgovoru na zahtev Svojih učenika: „Uvećajte našu veru!" Isus odgovara: „*Kad biste imali vere koliko zrno gorušičino, i rekli biste ovom dubu: „Iščupaj se i usadi se u more"; i poslušao bi vas*" (Jevanđelje po Luki 17:5-6).

Šta je, onda, duhovno značenje ovih stihova? To znači da kada vera mala kao što je goruščino seme raste i postaje velika vera, ništa neće biti nemoguće. Kada čovek prihvati Isusa Hrista, vera mala kao goruščino seme mu je data. Kada on posadi ovo seme u njegovom srcu, ono će proklijati. Kada ono izraste u veliku veru veličine velikog drveta gde će mnogo ptica sedeti na granama, taj će iskusiti dela Božje moći koje je Isus izvodio kao što su da slepi progledaju, gluvi da čuju, mutavi da progovore, i mrtvi da se povrate u život.

Ako mislite da imate veru, ali ne možete da pokažete dela Božje moći i još imate probleme u vašoj porodici ili poslovanju, to je zato što vaša vera mala kao što je seme goruščice još nije izrasla u veličinu velikog drveta.

## Proces rasta duhovne vere

U 1 Jovanovoj Poslanici 2:12-14, apostol Pavle ukratko objašnjava rast duhovne vere.

*"Pišem vam, dečice, da vam se opraštaju gresi imena Njegovog radi. Pišem vam, oci, jer poznaste Onog koji nema početka, pišem vam, mladići, jer nadvladaste nečastivog, pišem vam, deco, jer poznaste Oca. Pisah vam, oci, jer poznaste Onog koji je od početka, pisah vam, mladići, jer ste jaki, i reč Božija u vama stoji, i nadvladaste nečastivog."*

Vi treba da razumete da postoji proces u rastu vere. Morate da razvijate svoju veru i imate veru očeva u kojoj ćete moći da poznate Boga koji je bio ovde još pre početka vremena. Ne treba da budete zadovoljni nivoom dečije vere čiji su gresi oprošteni na osnovu Isusa Hrista.

Takođe, kao što Isus kaže u Jevanđelju po Mateju 13:33: *"Carstvo je nebesko kao kvasac, koji uzme žena i metne u tri kopanje brašna dok sve ne uskisne."*

Zato treba da razumete da rast vere male kao seme goruščice sve do velike vere može biti ispunjeno brzo poput kvasca koji uskisne u testu. Kao što je rečeno u 1 Poslanici Korinćanima 12:9, vera je duhovni dar dat vama od Boga.

## Kupiti nebo sa svim što imate

Treba da imate pravu snagu da posedujete nebo zato što nebo može biti posedovano samo verom i što postoji proces u rastu vere. Čak i na ovom svetu, morate mnogo da se trudite da dostignete bogatstvo i ugled, a da ne govorimo o tome da zaradite dovoljno novca da, na primer, kupite kuću. Vi se trudite da kupite i sačuvate sve ove stvari, koje ne možete zauvek zadržati. Koliko više, onda, bi morali da pokušavate da dobijete sjaj i mesto boravka na nebu koje ćete imati večno?

Isus kaže u Jevanđelju po Mateju 13:44: *„Još je carstvo nebesko kao blago sakriveno u polju, koje našavši čovek sakri i od radosti zato otide i sve što ima prodade i kupi polje ono."*
On nastavlja u Jevanđelju po Mateju 13:45-46: *„Još je carstvo nebesko kao čovek trgovac koji traži dobar biser, pa kad nađe jedno mnogoceno zrno bisera, otide i prodade sve što imaše i kupi ga."*

Dakle, koje su tajne neba otkrivene kroz alegorije o blagu sakrivenom na polju i o dobrom biseru? Isus je obično pričao alegorije sa stvarima koje je lako naći u svakodnevnom životu. Sada, dozvolite nam da pogledamo u alegoriju: „blago sakriveno u polju."

Bio je neki siromašan seljak koji je zarađivao za život radeći za nadnicu. Jednog dana, on je otišao da radi na zahtev svoga komšije. Seljaku je rečeno da je zemlja pusta zato što duže vreme nije obrađivana, ali njegov komšija je želeo da posadi nekoliko voćki da zemlja ne propada. Farmer je pristao da radi. On je čistio zemlju jednog dana, i osetio je nešto tvrdo pod lopatom. Nastavio je da kopa i našao veoma mnogo blaga u zemlji. Seljak koji je otkrio blago počeo je da razmišlja o načinu na koji bi mogao da zadrži blago. Odlučio je da kupi zemlju u kojoj je blago bilo sakriveno i pošto je polje bilo pusto i skoro beskorisno, seljak je mislio da će vlasnik želeti da ga proda bez velike rasprave. Seljak se vratio svojoj kući, očistio je sve što je dobio, i počeo da prodaje svoj posed. Ipak, nije žalio da proda sve što je imao, zato što je našao blago, koje je bilo mnogo vrednije od svega što je imao.

**Alegorija o blagu sakrivenom u polju**

Šta trebate da razumete kroz alegoriju o blagu skrivenom u polju? Nadam se da tajnu neba razumete sa četiri aspekta gledajući u duhovno značenje alegorije o blagu skrivenom u polju.

**Prvo, polje stoji za vaše srce a blago stoji za nebo. To podrazumeva da je nebo, kao i blago, sakriveno u vašem srcu.**

Bog je napravio ljudsku rasu sa duhom, dušom i telom. Duh je napravljen kao čovekov gospodar da komunicira sa Bogom. Duša je napravljena da se povinuje komandama duha, a telo je napravljeno kao stanište za duh i dušu. Zato je ljudsko biće nekada bilo živi duh kao što je rečeno u Postanku 2:7.

Od vremena kada je prvi čovek Adam počinio greh neposlušnosti, međutim, duh, gospodar čovekov, je umro, i duša je počela da igra ulogu gospodara. Ljudi su onda zapali u još više grehova i morali su da idu na put smrti zato što više nisu mogli da komuniciraju sa Bogom. Oni su sada postali ljudi duše, koja je pod kontrolom neprijatelja Satane i đavola.

Zbog ovoga, Bog ljubavi poslao je Svog jednog i jedinog Sina Isusa na ovaj svet i dozvolio je da bude razapet i da prolije Njegovu krv kao žrtva okajanja da izbavi čovečanstvo od grehova. Zbog ovoga, put spasenja se otvorio za vas da postanete deca svetog Boga i da komunicirate sa Njim ponovo.

Zato, ko god da prihvati Isusa Hrista kao svog ličnog Spasitelja primiće Svetog Duha, i njegov duh će oživeti. Takođe, on će dobiti pravo da postane Božje dete i radost će ispuniti njegovo srce.

To znači da je duh ponovo mogao da komunicira sa Bogom I da kontroliše dušu i telo kao gospodar ljudskog bića. To takođe znači da je počeo da se boji Boga i da se povinuje Njegovoj reči, i izvršava dodeljenu dužnost čovekovu.

Zato je oživljavanje duše isto što i naći skriveno blago u polju. Nebo je poput blaga skrivenog u polju zato što je nebo sada prisutno u vašem srcu.

**Drugo, čovek koji je našao sakriveno blago na polju i bio radostan iskazuje da ako neko prihvati Isusa Hrista i primi Svetog Duha, mrtvi duh će oživeti, i on će shvatiti da postoji nebo u njegovom srcu i radovaće se.**

Isus govori u Jevanđelju po Mateju 11:12: *„A od vremena Jovana Krstitelja do sad carstvo nebesko na silu se uzima, i siledžije dobijaju ga.“* Apostol Jovan takođe piše u Otkrivenju Jovanovom 22:14: *„Blago onome koji tvori zapovesti Njegove, da im bude vlast na drvo života, i da uđu na vrata u grad.“*

Ono što možete da naučite kroz ovo je da neće svako ko je

prihvatio Isusa Hrista da ode na isto mesto boravka u kraljevstvu nebeskom. Zavisno od toga koliko ličite na Gospoda i postanete iskreni, vi ćete naslediti lepše mesto boravka na nebu.

Zato, oni koji vole Boga i nadaju se za nebo radiće po Božjoj reči u svemu i ličiće na Gospoda tako što će odbaciti svo svoje zlo.

Vi posedujete kraljevstvo nebesko, onoliko koliko ispunjavate vaše srce nebom, tamo gde je samo dobrota i istina. Čak i na ovoj zemlji, kada shvatite da postoji nebo u vašem srcu, vi ćete biti radosni.

Ovo je vrsta radosti koju doživljavate kada prvi put sretnete Isusa Hrista. Ako je neko, ko je morao da pođe ka putu smrti, dostigao iskreni život i večno nebo kroz Isusa Hrista, koliko radostan će on biti! On će takođe biti vrlo zahvalan zato što može da veruje u nebesko kraljevstvo u svom srcu. Na ovaj način, radost čoveka koji se veseli što je pronašao blago skriveno u polju predstavlja radost prihvatanja Isusa Hrista i posedovanja nebeskog kraljevstva u njegovom srcu.

**Treće, skrivanje blaga ponovo nakon što je pronađeno iskazuje da je čovekov mrtav duh ponovo oživljen i želi da živi po Božjoj volji, ali ne može da stvarno sprovede odluku u delo zato što nije primio moć da živi po reči Božjoj.**

Seljak nije mogao odmah da iskopa blago odmah čim ga je pronašao. On je prvo morao da proda svoju imovinu i da kupi tu zemlju. Na isti način, vi znate da postoje nebo i pakao i kako možete da uđete na nebo kada prihvatite Isusa Hrista, ali ne možete da pokažete svoje delo dok ne počnete da slušate reč

Božju.

Zato što ste živeli neispravnim životom koji je bio nipodaštavanje Božje reči pre nego što ste prihvatili Isusa Hrista, ostaje mnogo neispravnosti u vašem srcu. Ipak, ako ne odbacite sve što je neistina u vašem srcu dok iskazujete svoje verovanje u Boga, Satana će nastaviti da vas vodi ka tami tako da ne možete da živite po Božjoj reči. Baš kao što je i seljak kupio polje nakon što je prodao sve što je imao, vi možete da imate blago u vašem srcu samo kada pokušate da odbacite misli neistine i imate iskreno srce koje Bog želi.

Dakle, vi morate da sledite istinu, što je reč Božja, tako što ćete zavisiti od Boga i vatreno se molite. Samo onda će neistina biti odbačena i vi ćete dobiti moć da radite i živite shodno sa Božjom rečju. Treba da imate na umu da je nebo samo za ovakve ljude.

**Četvrto, prodavanje svega što je imao znači, da bi mrtvi duh oživeo i postao gospodar čovekov, vi morate da uništite sve neistine koje pripadaju duši.**

Kada mrtav duh oživi, vi ćete shvatiti da postoji nebo. Vi treba da posedujete nebo uništavanjem svih misli neistine, koje pripadaju duši i kojima vlada Satana, i imanjem vere praćene delima. Ovo je isti postupak kao kad pile mora da polomi ljusku da bi izašlo na ovaj svet.

Zato morate da odbacite sva vaša dela i želje tela kako bi potpuno posedovali nebo. Šta više, vi treba da postanete osoba cele duše koja liči u potpunosti na božansku prirodu Gospoda (1 Poslanica Solunjanima 5:23).

Dela tela su oličenje zla u srcu koje rezultira delom. Telesne želje se odnose na svu prirodu greha u srcu koja može da rezultira delom u svakom trenutku, čak iako još nije rezultirala na delu. Na primer, ako imate mržnju u vašem srcu, to je telesna želja, i ako ova mržnja rezultira delom tako što udarite drugu osobu, to je delo tela.

Poslanica Galaćanima 5:19-21 čvrsto potvrđuje: „*A poznata su dela mesa, koja su: preljubočinstvo, kurvarstvo, nečistota, besramnost, idolopoklonstvo, čaranja, neprijateljstva, svađe, pakosti, srdnje, prkosi, raspre, sablazni, jeresi, zavisti, ubistva, pijanstva, žderanja, i ostala ovakva za koja vam napred kazujem kao što i kazah napred, da oni koji tako čine neće naslediti carstvo Božije.*"

Takođe, Poslanica Rimljanima 13:13-14 nam govori: „*Da hodimo pošteno kao po danu: ne u žderanju i pijanstvu, ne u kurvarstvu i nečistoti, ne u svađanju i zavisti. Nego se obucite u Gospoda Isusa Hrista; i telu ne ugađajte po željama,*" a Poslanica Rimljanima 8:5 govori: „*Jer koji su po telu telesno misle, a koji su po duhu duhovno misle.*"

Zato, prodati sve što imate znači uništiti svu neistinu protiv Božje volje u vašoj duši i odbaciti sva vaša dela i želje telesne, koje nisu ispravne po Božjoj reči, i sve ostalo što ste voleli više nego što ste voleli Boga.

Ako nastavite da odbacujete vaše grehe i zlobu na ovaj način, vaš duh oživljava sve više i više i možete da živite po Božjoj reči prateći želju Svetog Duha. Konačno, vi ćete postati duhovna osoba i moći ćete da dostignete božansku prirodu Gospodovu (Poslanica Filipljanima 2:5-8).

## Nebo posedujemo onoliko koliko nam je njime ispunjeno srce

Onaj koji poseduje nebo verom je onaj koji prodaje sve što ima tako što odbacuje svo zlo ispunjavajući srce nebom. Najzad, kada se Gospod vrati, nebo koje je bilo kao senka postaje stvarnost i on će imati večno nebo. Onaj koji poseduje nebo je najbogatija osoba čak iako je odbacio sve na ovom svetu. Međutim, onaj koji ne poseduje nebo je najsiromašnija osoba koja u stvarnosti nema ništa, čak iako ima sve na ovom svetu. To je zbog toga što sve što potrebujete je u Isusu Hristu a sve što je van Isusa Hrista je bezvredno zato što vas nakon smrti, čeka samo večni osud.

Zbog toga je Matej pratio Isusa napustivši svoju struku. Zbog toga je Petar pratio Isusa napustivši svoj brod i mrežu. Čak je i Apostol Pavle smatrao bezvrednim sve što je imao nakon što je prihvatio Isusa Hrista. Razlog zbog čega su ovi apostoli mogli da urade ovo bio je taj što su želeli da pronađu blago, koje je bilo vrednije od svega na ovom svetu, i iskopaju ga.

Na isti način, vi morate da pokažete svoju veru na delu pokoravanjem istinitoj reči i odbacivanjem svih neistina koje su protiv Boga. Vi morate da ispunite kraljevstvo nebesko u vašem srcu prodajući svu neistinu kao što je svojeglavost, ponos i oholost koju ste do sada smatrali kao blago u vašem srcu.

Zato ne treba da tragate za stvarima na ovom svetu, već da prodate sve kako bi ispunili nebom vaše srce i nasledili večno nebesko kraljevstvo.

## 3. U kući Oca Mog mnogi su stanovi

U Jevanđelju po Jovanu 14:1-3, možete da vidite da ima mnogo mesta boravka na nebu, i da je Isus Hrist otišao da pripremi mesto za vas na nebu.

*Da se ne plaši srce vaše, verujte Boga, i Mene verujte. Mnogi su stanovi u kući Oca Mog. A da nije tako, kazao bih vam; idem da vam pripravim mesto. I kad otidem i pripravim vam mesto, opet ću doći, i uzeću vas k Sebi da i vi budete gde sam Ja.*

**Gospod je otišao da pripremi vaše nebesko mesto**

Isus je rekao svojim učenicima stvari koje će se desiti pre samog Njegovog hvatanja i raspeća. Gledajući u Svoje učenike, koji su bili zabrinuti pošto su čuli za izdaju Jude Iskariotskog, poricanje Petrovo, i Isusovu smrt, On ih je tešio govoreći im o nebeskim mestima boravka.

Zbog toga je On rekao: „*Mnogi su stanovi u kući Oca Mog. A da nije tako, kazao bih vam; idem da vam pripravim mesto.*" Isus je bio razapet i stvarno je vaskrsao nakon tri dana, pobedivši vlast smrti. Onda, nakon četrdeset dana, On se na očigled mnogih ljudi uzdigao u nebo da pripremi nebeske stanove za vas.

Onda, šta znači: „*Idem da pripremim stan za vas?*" Kao što je napisano u 1 Poslanici Jovanovoj 2:2: „*I On očišća grehe naše, i ne samo naše nego i svega sveta,*" to znači da je Isus srušio zid grehova između čoveka i Boga, tako da svako može da poseduje nebo verom.

Bez Isusa Hrista, zid grehova između Boga i vas ne bi mogao da bude srušen. U Starom Zavetu, čovek koji je počinio greh, davao je životinju kao žrtvu da bi se iskupio za greh. Isus vam je, međutim, omogućio da vam gresi budu oprošteni i da postanete sveti nudeći Sebe kao jedno vremenu žrtvu (Poslanica Jevrejima 10:12-14). Samo kroz Isusa Hrista, zid greha između Boga i vas može da bude srušen, i vi možete da dobijete blagoslov ulaska u kraljevstvo nebesko i uživanja u lepom i srećnom večnom životu.

### „U kući Oca Mog mnogi su stanovi"

Isus kaže u Jevanđelju po Jovanu 14:2: *„U kući Oca Mog mnogi su stanovi."* Srce Gospoda koji želi da svi budu spašeni je stopljeno u ovaj stih. Uzgred rečeno, koji je razlog zbog čega je Isus rekao: „U kući Oca Mog," umesto da kaže: „U kraljevstvu nebeskom?" To je zato što Bog ne želi „građane" nego „decu" sa kojom On zauvek može deliti Svoju ljubav kao Otac.

Nebom upravlja Bog i dovoljno je veliko da primi sve one koji su spašeni verom. Takođe, to je tako lepo i fantastično mesto da ne može biti upoređeno sa ovim svetom. U kraljevstvu nebeskom, čija veličina je nezamisliva, najlepše i najslavnije mesto je Novi Jerusalim gde je smešten Božji presto. Baš kao što postoji Plava kuća u Seulu, glavnom gradu Koreje, i Bela kuća u Vašingtonu, glavnom gradu Sjedinjenih Država, gde žive presednici tih zemalja, u Novom Jerusalimu je Božji presto.

Gde je, onda Novi Jerusalim? On je u centru neba, i to je mesto gde će ljudi od vere, koji u udovoljili Bogu, da žive zauvek. Suprotno na odatle najudaljenijem spoljnom delu neba je Raj.

Baš kao i razbojnik sa jedne Isusove strane, koji je prihvatio Isusa Hrista i bio spašen, oni koji samo prihvate Isusa Hrista i ne urade ništa za carstvo Božje će boraviti tamo.

## Nebo je dato u skladu sa merom vere

Zašto je Bog za Svoju decu pripremio mnogo stanova na nebu? Bog je pravedan i daje vam da požnjete što ste zasejali (Poslanica Galaćanima 6:7), i nagrađuje svaku osobu shodno sa onim šta je uradio (Jevanđelje po Mateju 16:27 ; Otkrivenje Jovanovo 2:23). Zbog toga je On pripremio mesta stanovanja shodno sa merom vere.

Poslanica Rimljanima 12:3 kaže: *"Jer kroz blagodat koja je meni data kažem svakome koji je među vama da ne mislite za sebe više nego što valja misliti; nego da mislite u smernosti kao što je kome Bog udelio meru vere."*

Zato treba da shvatite da mesto stanovanja i slava svake osobe na nebu će se razlikovati shodno sa njegovom merom vere.

Vaše mesto stanovanja na nebu će biti određeno u zavisnosti od stepena vaše sličnosti sa srcem Božjim. Mesto stanovanja u večnom nebu biće dodeljeno u skladu sa tim koliko ste kao duhovna osoba ispunili nebo u vašem srcu.

Na primer, recimo da se dete i odrastao čovek takmiče u nekom sportu ili vode diskusiju. Dečji svet i svet odraslih su toliko različiti da će detetu uskoro biti dosadno da bude sa odraslima. Za decu, način razmišljanja, jezik, i dela su veoma različita od onih kod odraslih. Bilo bi zabavno kada se deca igraju sa decom, mladež sa mladeži, i odrasli sa odraslima.

Ovo je isto duhovno. Pošto je svačiji duh različit, Bog ljubavi i pravednosti je podelio nebeska mesta stanovanja shodno sa merom vere kako bi Njegova deca mogla da žive sretno.

## Gospod dolazi posle pripremanja nebeskih mesta stanovanja

U Jevanđelju po Jovanu 14:3, Gospod je obećao da će se vratiti i odvesti vas u kraljevstvo nebesko nakon što završi pripremanje mesta stanovanja na nebu.

Pretpostavimo da imamo čoveka koji je jednom primio milost Božju i dobio mnogo nagrada na nebu zato što je bio veran. Ali ako se vrati na svetovne načine života, on otpada od spasenja i završava u paklu. I njegove brojne nebeske nagrade postaće bezvredne. Čak iako ne ode u pakao, njegove nagrade mogu ipak postati ništa.

Ponekad ako razočara Boga time što će ga osramotiti iako je nekad bio odan, ili ako se vrati jedan nivo unazad ili ostane na istom nivou u njegovom hrišćanskom životu iako je trebao da samo napreduje, njegove nagrade će nestati.

Ipak, Gospod će se setiti svega što ste radili i pokušali za kraljevstvo Božje kad ste bil verni. Takođe, ako posvetite vaše srce time što ćete ga očistiti Svetim Duhom, vi ćete biti sa Gospodom kada se On vrati i bićete blagosloveni ostankom na mestu koje sija kao sunce na nebu. Zato što Bog želi da sva Božja deca budu savršena, On kaže: *„I kad otidem i pripravim vam mesto, opet ću doći, i uzeću vas k Sebi da i vi budete gde sam Ja."* Isus želi da se vi očistite baš kao što je i Gospod čist, posteći na ovom svetu nade.

Kada je Isus ispunio potpuno Božju volju i mnogo Ga slavio, Bog je slavio Isusa i dao Mu novo ime: „Kralj kraljeva i Gospod gospodara." Na isti način, koliko više slavite Boga na ovom svetu, Bog će vas voditi do slave. Zavisno od toga koliko ličite na Boga i koliko vas Bog voli, vi ćete živeti bliže Božjem prestolu na nebu.

Nebeski stanovi čekaju na svoje gospodare, decu Božju, baš kao i mlade koje su spremne za svoje mladoženje. Zbog toga apostol Jovan piše u Otkrivenju 21:2: „*I ja videh grad sveti, Jerusalim nov, gde silazi od Boga s neba, pripravljen kao nevesta ukrašena mužu svom.*"

Čak i najbolje poštovanje prelepe mlade ovoga sveta ne može se uporediti sa udobnošću i srećom nebeskih stanova. Kuće na nebu imaju sve i obezbeđuju sve čitajući misli gospodara kako bi oni mogli da žive najsrećnije zauvek.

Poslovice 17:3 beleže: „*Topionica je za srebro i peć za zlato, a srca iskušava GOSPOD.*" Zato, ja se molim u ime Gospoda Isusa Hrista da vi shvatite da Bog pročišćava ljude da bi ih načinio Svojom istinskom decom, da posvetite sebe sa nadom za Novi Jerusalim, i da silno napredujte prema najboljem od neba tako što ćete biti odani u celoj Božjoj kući.

## Poglavlje 5

# Kako ćemo živeti na nebu?

1. Celokupan način života na nebu
2. Odeća na nebu
3. Hrana na nebu
4. Transport na nebu
5. Zabava na nebu
6. Bogosluženje, edukacija i kultura na nebu

*I imaju telesa nebeska i telesa zemaljska,
ali je druga slava nebeskim,
a druga zemaljskim.
Jedna je slava suncu,
a druga slava mesecu,
i druga slava zvezdama;
jer se zvezda od zvezde razlikuje u slavi.*

- 1 Korinćanima Poslanica 15:40-41 -

Radost na nebu ne može da se uporedi čak ni sa najboljim i najlepšim stvarima na ovoj zemlji. Čak iako uživate sa vašim voljenima na plaži sa pogledom na horizont, ova vrsta radosti je samo momentalna i nije istina. U jednom uglu vaših umova, još uvek postoje brige o stvarima sa kojima se treba suočiti kada se vratite svakodnevnom životu. Ako nastavite sa ovim načinom života mesec dana ili dva, ili čak i godinu, vama će uskoro postati dosadno i počećete da tražite nešto novo.

Međutim, život na nebu, gde je sve čisto i divno kao kristal, je sam po sebi sreća zato što je sve konstantno novo, misteriozno, radosno i sretno. Vi možete da provodite divno vreme sa Bogom Ocem i Gospodom, ili možete da uživate u vašim hobijima, omiljenim igrama, i svim drugim interesantnim stvarima koliko god želite. Hajde da pogledamo kako će deca Božja živeti kada odu na nebo.

## 1. Celokupan način života na nebu

Iako će se vaše fizičko telo na nebu promeniti u duhovno telo, koje se sastoji od duha, duše, i od tela, vi ćete moći da prepoznate vašu suprugu, muža, decu, i roditelje na ovoj zemlji. Vi ćete takođe prepoznati vašeg pastira ili ovce iz vašeg stada na ovoj zemlji. A sećaćete se i onoga što je bilo zaboravljeno na ovoj zemlji. Bićete mnogo mudri zato što ćete moći da razaznate i razumete Božju volju.

Neki će se možda pitati: „Da li će svi moji grehovi biti

pokazani na nebu?" To neće biti tako. Ako ste se već pokajali, Bog se neće setiti vaših grehova dokle god je istok odvojen od zapada (Psalmi 103:12), već će se setiti samo vaših dobrih dela jer će vaši grehovi već biti oprošteni do vremena kada budete na nebu.

Onda, kada odete na nebo, kako ćete se promeniti i živeti?

**Nebesko telo**

Ljudska bića i životinje na ovoj zemlji imaju svoj sopstveni oblik tako da je svako živo biće prepoznatljivo bilo da je slon, lav, orao ili ljudsko biće.

Baš kao što postoji telo sa svojim oblikom u ovom trodimenzionalnom svetu, postoji i jedinstveno telo na nebu, koje je četvorodimenzionalni svet. Ono je nazvano nebesko telo. Na nebu vi ćete prepoznati jedni druge po ovome. Onda, kako će nebesko telo izgledati?

Kada se Gospod vrati u vazduhu, svako od vas se menja u uskrslo telo koje je duhovno telo. Ovo uskrslo telo će se promeniti u nebesko telo, koje je na većem nivou, posle Strašnog Suda. U skladu sa nagradama svakog pojedinca, svetlo slave koje sija iz ovog nebeskog tela će biti drugačije.

Nebesko telo ima kosti i meso kao telo Isusa posle Njegovog uskrsnuća (Jevanđelje po Jovanu 20:27), ali to je novo telo koje je sastavljeno od duha, duše i neuništivog tela. Naše trošno telo se menja u novo telo pomoću reči i moći Božje.

Nebesko telo koje se sastoji od večno neuništivih kostiju i mesa će sijati zato što je obnovljeno i čisto. Čak iako nekome nedostaje ruka ili noga, ili je hendikepiran, nebesko telo će biti

oporavljeno u savršeno telo.
Nebesko telo nije slabo kao senka već ima jasan oblik, i nije pod kontrolom vremena i prostora. Zbog toga, kada se Isus pojavio ispred svojih učenika posle Njegovog uskrsnuća, On je mogao slobodno da prolazi kroz zidove (Jevanđelje po Jovanu 20:26).
Telo na ovoj zemlji imaće bore i biće grubo kada ostari, ali nebesko telo biće osveženo kao neuništivo telo tako da će uvek zadržati mladost i sijati kao sunce.

### Godina trideset treća

Mnogi ljudi se pitaju da li je nebesko telo veliko kao kod odraslog čoveka ili malo kao kod deteta. Na nebu, svako, bilo da jeste ili nije umro mlad ili star, on će večno imati mladost od trideset tri godine, godine Isusa kada je On bio razapet na ovoj zemlji.

Zašto vam Bog dozvoljava da na nebu živite večno sa trideset tri godine? Baš kao što je sunce najjače u podne, čovek je na vrhuncu snage oko trideset treće godine starosti.

Oni koji su mlađi od trideset godine možda će biti malo neiskusni i nezreli, a oni koji su iznad četrdesetih gube svoju energiju starenjem. Ipak, oko trideset treće godine, ljudi su zreli i lepi u svakom pogledu. Takođe, mnogi od njih se venčavaju, rađaju i podižu decu tako da razumeju, do neke tačke, Božje srce koje kultiviše ljudska bića na ovoj zemlji.

Na ovaj način, Bog vas menja u nebesko telo kako bi vi na nebu zauvek zadržali doba od trideset tri godine, najlepše doba ljudskih bića.

## Biološka veza ne postoji

Ako živite na nebu zauvek sa fizičkim izgledom iz vremena kada ste napustili ovaj svet, koliko smešno bi to bilo? Hajde da kažemo da je čovek umro sa četrdeset godina i otišao na nebo. Njegov sin je otišao na nebo sa pedeset, a njegov unuk je umro sa devedeset godina i otišao na nebo. Kada se svi oni sretnu na nebu, unuk bi bio najstariji, a deda najmlađi.

Zato će na nebu, gde Bog vlada Svojom pravednošću i ljubavlju, svako biti star trideset tri godine, a ovozemaljska biološka i fizička veza ne važi.

Niko nikoga ne zove „oče," „majko," „sine," ili „kćeri" na nebu iako su oni bili roditelji i deca na ovoj zemlji. To je zato što je svako svakome brat i sestra kao dete Božje. Pošto znaju da su bili roditelji i deca na ovoj zemlji i voleli jedni druge veoma mnogo, oni mogu gajiti još posebniju ljubav jedni za druge.

Međutim, šta ako majka ode u Drugo nebesko Kraljevstvo a njen sin u Novi Jerusalim? Na ovoj zemlji, naravno, sin mora da služi majku. Na nebu, međutim, majka će se klanjati svom sinu zato što on više liči na Boga Oca, i svetlost koja izlazi iz njegovog nebeskog tela biće mnogo sjajnija nego njena vlastita.

Zato druge ne zovete po imenima i titulama kao što ste to činili na ovoj zemlji, već Bog Otac svakome daje nova, prikladna imena koja imaju duhovna značenja. Čak i na ovoj zemlji, Bog je promenio ime Abram u Avram, Saraja u Sara, i Jakov u Izrael, što znači da se on borio sa Bogom i pobedio.

## Razlika između muškaraca i žena na nebu

Na nebu nema brakova, ali ipak postoji jasna razlika između muškaraca i žena. Pre svega, muškarci su visoki od 183 do 188 cm, a žene su bile po desetak centimetra niže.

Neki ljudi se mnogo brinu zbog njihove visine pošto su suviše niski ili suviše visoki, ali nema potrebe za takvom brigom na nebu. Takođe, nema potrebe za brigom o težini zato što će svako imati najzgodniji i najlepši stas.

Nebesko telo ne oseća nikakvu težinu čak iako izgleda kao da ima težinu, tako da čak iako neko hoda po cveću, ono se neće ispresovati ili zgnječiti. Nebesko telo ne može biti izmereno, ali to nije nešto što može biti oduvano vetrom zato što je vrlo stabilno. Imati težinu čak iako je ne osećate, znači da ono ima oblik i izgled. To je kao kada podignete list papira, vi ne osećate težinu ali vi znate da ima svoju težinu.

Kosa je plava i pomalo talasasta. Muška kosa dolazi do vrata, ali kosa ženska se razlikuje od žene do žene. Dugačka kosa kod žena znači da je ona dobila velike nagrade, a najduža kosa dolazi do struka. Zato je ogromna slava i ponos za ženu da ima dugačku kosu (1 Poslanica Korinćanima 11:15).

Na ovoj zemlji, većina žena se nada i pokušava da ima belu i nežnu kožu. One koriste kozmetičke proizvode da održe svoju kožu čvrstom i nežnom bez ijedne bore. Na nebu, svako će imati besprekornu kožu koja je tako bela, jasna i čista, i sija svetlom slave.

Šta više, pošto nema zla na nebu, nema potrebe da se nosi šminka ili da se brinete o spoljašnjem izgledu zato što tamo sve prelepo izgleda. Svetlo slave koje izlazi iz nebeskog tela će sijati belje, čistije i svetlije shodno sa stepenom do koga je svako postao potpuno posvećen i liči na srce Gospoda. Takođe, red se ovim vodi i održava.

**Srce nebeskih ljudi**

Ljudi sa nebeskim telom imaju srce samog duha, koje je u predivnoj prirodi i nema ni malo zla. Baš kao što i ljudi žele da imaju i da dotaknu ono što je dobro i lepo na ovoj zemlji, čak i srce ljudi sa nebeskim telom želi da oseti lepotu drugih, da ih pogleda i da ih sa oduševljenjem dotakne. Ipak, pohlepa ili mržnja uopšte ne postoje.

Takođe, ljudi na ovoj zemlji se menjaju shodno sa svojim potrebama, i oni se osećaju umorno od stvari, čak iako su one lepe i dobre stvari. Srce ljudi sa nebeskim telom nema lukavost i nikada se ne menja.

Na primer, ljudi na ovoj zemlji, ako su siromašni, mogu da jedu slatko čak i jeftinu i manje kvalitetnu hranu. Ako postanu malo bogatiji, oni nisu zadovoljni sa onim što je ranije bilo ukusno i nastavljaju da traže bolju hranu. Ako kupite novu igračku za decu, ona će biti mnogo srećna na početku, ali nakon nekoliko dana će osećati odvratnost prema njoj i tražiće novu. Na nebu, međutim, nema takvog razmišljanja, tako da ako vam se jednom nešto zasviđa, sviđaće vam se zauvek.

## 2. Odeća na nebu

Neki možda misle da će odeća na nebu biti ista, ali nije tako.

Bog je Stvoritelj, i Pravedni Sudija koji vraća shodno sa onim šta ste činili. Prema tome, baš kao što se nagrade na nebu razlikuju, i odeća će se takođe razlikovati u skladu sa delima na ovoj zemlji (Otkrivenje Jovanovo 22:12). Onda, kakvu vrstu odeće ćete da imate na sebi i kako ćete je ukrasiti na nebu?

**Nebeska odeća različite boje i modela**

Na nebu, svako će u suštini nositi svetlu, belu i sjajnu odeću. Ona je tako meka kao svila i tako laka kao da nema težinu, i prelepo leprša.

Zato što se razlikuje stepen do koga je svako prosvećen, svetlost koja izlazi iz odeće i njen sjaj se razlikuju. Što više neko liči na Božje sveto srce, tim će svetlije i brilijantnije njegova odeća sijati.

Takođe, u zavisnosti od toga koliko ste radili za kraljevstvo Božje i Njega slavili, različite vrste odeće raznih modela i materijala će biti davana.

Na ovoj zemlji, ljudi nose različitu vrstu odeće shodno sa njihovim socijalnim i ekonomskim statusom. Isto i na nebu, vi ćete nositi raznobojniju odeću u više modela kako dobijate veću poziciju na nebu. Takođe, frizure i oprema su različite.

Šta više, u ranija vremena ljudi su međusobno prepoznavali društvenu klasu samo gledajući u boju njihove odeće. Na isti način, nebeski ljudi mogu da prepoznaju poziciju i vrednost nagrada datih svakome čak i na nebu. Kad neko nosi odeću posebnih boja i modela različitu od drugih znači da je taj dobio veću slavu.

Zato, oni koji su ušli u Novi Jerusalim ili su mnogo

doprineli za kraljevstvo Božje dobijaju najlepšu, najšareniju i najbrilijantniju odeću.

Sa jedne strane, ako niste mnogo učinili za kraljevstvo Božje, vi ćete dobiti samo malo odeće na nebu. Sa druge strane, ako ste mnogo činili sa verom i ljubavi, vi ćete moći da dobijete nebrojanu odeću mnogih boja i modela.

### Nebeska odeća sa različitim dekoracijama

Bog će dati odeću sa različitim dekoracijama da pokaže slavu svakoga. Baš kao što je kraljevska porodica iz prošlosti izražavala svoju poziciju tako što je stavljala posebne dekoracije na odeću, odeća na nebu sa raznom dekoracijom će pokazivati nečiju nebesku poziciju i slavu.

Ima dekoracija zahvalnosti, hvale, molitve, radosti, slave i tako dalje koje mogu da se prišiju na odeću na nebu. Kada pevate hvalospeve u ovom životu sa mislima zahvalnosti za ljubav i milost Boga Oca i Gospoda, ili kada pevate da slavite Boga, On prima vaše srce kao prelepu aromu i On stavlja dekoraciju hvale na vašu odeću na nebu.

Dekoracije radosti i zahvalnosti biće prelepo stavljene ljudima koji su bili iskreno radosni i zahvalni u njihovim srcima sećajući se milosti Boga Oca koji je dao večni život i kraljevstvo nebesko čak i tokom nevolja i iskušenja na zemlji.

Sledeće, dekoracija molitve biće stavljena onima koji su se molili svojim životom za kraljevstvo Božje. Među svima, međutim, najlepša dekoracija je dekoracija slave. Nju je najteže zaslužiti. Ona se daje samo onima koji su učinili sve za slavu Božju iz njihovih iskrenih srca. Baš kao što kralj ili predsednik nagrađuje specijalnom medaljom ili počasnim medaljama vojnika koji je bio ugledan u svojoj službi, ova dekoracija slave je osobito data onima koji su se revnosno trudili za kraljevstvo Božje i odavali Njemu veliku slavu. Zato, onaj koji obuče odeću sa dekoracijom slave je onaj koji je najplemenitiji od svih u kraljevstvu nebeskom.

**Nagrade u krunama i dragom kamenju**

Postoji nebrojano drago kamenje na nebu. Neko drago kamenje se daje kao nagrada i stavlja se na odeću. U Knjizi Otkrivenja čitate da Gospod nosi zlatnu krunu i ešarpu oko Njegovih prsa, što su i nagrade date Mu od Boga.

Biblija pominje mnogo vrsta kruna. Standardi za dobijanje kruna i vrednost kruna se razlikuju jer se daju kao nagrade.

Ima mnogo vrsta kruna koje se daju shodno sa delima svakog pojedinca kao što je neuništiva kruna data onima koji se takmiče u sportskim igrama (1 Poslanica Korinćanima 9:25), kruna slave data onima koji su slavili Boga (1 Petrova Poslanica 5:4), kruna života data onima koji su bili verni do tačke smrti (Jevanđelje po Jovanu 1:12 ; Otkrivenje Jovanovo 2:10), zlatna kruna koju 24 starešine nose oko prestola Božjeg (Otkrivenje Jovanovo 4:4, 14:14), i kruna pravednosti za kojom je apostol Pavle žudio (2 Timotejeva Poslanica 4:8).

Takođe, ima kruna mnogih oblika koje su ukrašena dragim kamenjem kao što je zlatom dekorisana kruna, kruna od cveća, kruna od bisera, i tako dalje. Po kruni koju neko primi, vi možete da prepoznate njegovu svetost i nagrade.

Na ovoj zemlji svako može da kupi drago kamenje ako ima

novac, ali na nebu vi možete da imate drago kamenje samo kad vam je dato kao nagrada. Faktori kao što je broj ljudi koje ste odveli ka spasenju, količina ponude koju ste dali iskrenim srcem, i granica vaše vere određuju različite nagrade koje će vam biti date. Zato, drago kamenje i krune moraju da se razlikuju zato što se daju shodno sa delima svakog pojedinca. Takođe, svetlo, lepota, blistavost i broj dragog kamenja i kruna su takođe različiti.

To je isto i sa nebeskim mestima stanovanja i kućama. Mesta stanovanja razlikuju se u skladu sa verom svakoga; veličina, lepota, sjaj zlata i drugog dragog kamenja pojedinih kuća se razlikuju. Imaćete jasniji pogled na ove stvari o nebeskim mestima stanovanja od poglavlja 6 nadalje.

## 3. Hrana na nebu

Kada su prvi čovek Adam i Eva živeli u Edenskom vrtu, oni su jeli samo voće i biljke koje rađaju seme (Knjiga Postanka 1:29). Međutim, kada je Adam bio izbačen iz Edenskog vrta zbog njegove neposlušnosti, oni su počeli da jedu biljke iz polja. Posle velikog potopa, ljudima je dozvoljeno da jedu meso. Na ovaj način, kako je čovek postajao zlobniji, i vrsta hrane se prema tome menjala.

Šta ćete, onda, vi jesti na nebu, gde uopšte nema zla? Neki se možda pitaju da li nebesko telo takođe mora da jede? Na nebu, možete piti Vodu Života, i jesti ili mirisati mnogo vrsta voća da bi primili radost.

## Disanje nebeskog tela

Kao što mi, ljudska vrsta, dišemo na zemlji, nebeska tela dišu na nebu. Naravno, nebesko telo ne mora uopšte da diše, ali može da se odmara dok diše, na način na koji vi dišete na zemlji. Tako da može da diše ne samo pomoću nosa ili usta, već takođe i očima ili svim ćelijama u telu, ili čak i srcem.

Bog udiše mirise tamjana vaših srca zato što je On Duh. On je bio zadovoljan žrtvama pravednih ljudi i mirisao je sladak miris iz njihovih srca u doba Starog Zaveta (Knjiga Postanka 8:21). U Novom Zavetu, Isus, koji je čist i neporočan, dao je Sebe zbog nas, ponudu i žrtvu Bogu kao mirisnu aromu (Poslanica Efežanima 5:2).

Dakle, Bog dobija aromu iz vaših srca kada vi bogoslužite, molite se ili pevate hvalu vašim iskrenim srcem. Onoliko koliko ličite na Gospoda i postajete pravedni, vi možete da širite aromu Hrista, što se redom prima kao dragoceni dar Bogu. Bog prima vaše hvale i molitve sa zadovoljstvom kroz disanje.

U Jevanđelju po Mateju 26:29, vidite da se Gospod moli za vas još odkako se On popeo na nebo, bez da je išta jeo poslednja dva milenijuma. Isto tako, na nebu, nebesko telo može da živi čak i bez jela i disanja. Vi lično ćete živeti večno kada odete na nebo zato što ćete se promeniti u nebesko telo koje nikad ne umire.

Kada nebesko telo diše, međutim, ono može da oseti više radosti i sreće, i duh postaje podmlađen i obnovljen. Baš kao što i ljudi drže dijetu da sačuvaju svoje zdravlje, nebesko telo uživa u disanju mirisnih aroma na nebu.

Tako da kada mnogo cveća i voća ispušta mirise, nebesko telo udiše taj miris. Čak iako cveće stalno odaje isti miris, ono će se uvek osećati radosno i zadovoljno.

Šta više, kada nebesko telo primi prelepi miris cveća i voća, taj miris prodire u telo kao parfem. Telo ispušta miris sve dok potpuno ne nestane. Isto kao što se osećate dobro kada stavite parfem na ovoj zemlji, nebesko telo se oseća srećnije kada miriše zbog prelepog mirisa.

**Pražnjenje kroz dah**

Kako, onda, ljudi jedu i nastavljaju svoj život na nebu? U Bibliji vidite da se Gospod pojavio pred Njegovim učenicima posle Svog uskrsnuća, i ili je ispustio dah (Jevanđelje po Jovanu 20:22) ili je uzeo nešto hrane (Jevanđelje po Jovanu 21:12-15). Razlog zbog koga je vaskrsli Gospod uzeo nešto hrane nije bio taj što je On bio gladan, već da podeli radost sa učenicima i da vam da do znanja da i vi možete da jedete na nebu kao nebesko telo. Zbog toga je zapisano u Bibliji da je Isus Hrist uzeo malo hleba i ribe za doručak posle Njegovog vaskrsnuća.

Onda, zašto vam Biblija govori da je Gospod disao čak i pošto je vaskrsao? Kada uzmete hranu na nebu, ona se odmah rastvara i oslobađa se kroz disanje. Na nebu, hrana se rastavlja u momentu i napušta telo kroz dah. Tako da nema potrebe za lučenjem ili toaletima. Koliko udobno i čudesno je da konzumirana hrana napušta telo kroz disanje kao miris i rastvara se!

## 4. Transport na nebu

Kroz istoriju čovečanstva, kako je civilizacija i nauka

napredovala, izumljeni su brži i udobniji načini prevoza kao što su kočije, teretna kola, automobili, brodovi, vozovi, avioni, i tako dalje.

I na nebu postoji mnogo prevoznih sredstava. Postoji sistem javnog prevoza kao nebeski voz i privatna sredstva prevoza kao što je automobil-oblak i zlatni vagoni.

Na nebu, nebesko telo može da ide veoma brzo ili čak može i da leti jer ide izvan prostora i vremena, ali mnogo je zabavnije i lepše da se koristi prevoz koji je dat kao nagrada.

## Putovanja i prevoz na nebu

Koliko srećno i radosno bi to bilo da možete da putujete po nebu da gledajući sve i da vidite sve prelepe i čudesne stvari koje je Bog stvorio!

Svaki ugao neba ima jedinstvenu lepotu, i tako da možete da uživate u svakom njegovom delu. Ipak, pošto se srce nebeskog tela nikada ne menja, nikada mu nije dosadno ili naporno da ponovo poseti isto mesto. Tako da je putovanje na nebu uvek takva zabava i interesantna stvar.

Nebesko telo zapravo ne treba da bude u bilo kom prevoznom sredstvu zato što nikada ne može da se umori, a čak može i da leti. Međutim, korišćenje različitih vozila stvara vam osećaj veće udobnosti. To je isto kao što je voziti se autobusom malo udobnije nego pešačiti, a voziti se taksijem ili autom je malo udobnije nego voziti se autobusom ili ići podzemnom železnicom na ovoj zemlji.

Tako da ako se vozite nebeskim vozom, koji je dekorisan mnogim bojama dragog kamenja, vi možete otići do vaše destinacije čak i bez pruge, i on može da se slobodno pomera desno i levo, ili čak gore i dole.

Kada ljudi iz Raja odu u Novi Jerusalim, oni će se voziti u nebeskom vozu zato što su ova dva mesta prilično udaljena jedno od drugog. Ovo je veliko uzbuđenje za putnike. Leteći kroz blistavu svetlost, oni mogu da vide lepe nebeske pejzaže kroz prozore. Oni se osećaju čak i srećnije pri pomisli da će videti Boga Oca.

Među sredstvima prevoza na nebu, postoji i zlatan vagon u kome se posebna osoba u Novom Jerusalimu vozi kada ide u obilazak neba. On ima bela krila, i ima dugme unutra. Sa tim dugmetom, on će se potpuno automatski pokretati, a može da ide ili čak da leti, onako kako vlasnik poželi.

**Automobil oblak**

Oblaci na nebu su kao dekoracija koja dodaje lepoti neba. Tako da kada nebesko telo ide negde okruženo oblacima, telo sija više nego kada ide bez oblaka. Ono takođe može da učini da drugi osećaju i poštuju dostojanstvo, slavu i vlast oblačastog duhovnog tela.

Biblija kaže da Gospod dolazi sa oblacima (1 Poslanica Solunjanima 4:16-17), i to je zato što je dolazak sa oblacima slave mnogo veličanstvenije, dosojanstvenije i lepše nego dolazak u vazduh bez ičega. Na isti način oblaci na nebu postoje da uvećaju slavu deci Božjoj.

Ako ste kvalifikovani da uđete u Novi Jerusalim, vi možete da imate mnogo čudesniji automobil oblak. To nije oblak formiran od pare kao na ovoj zemlji, već je napravljen od oblaka slave na nebu. Automobil oblak pokazuje slavu, dostojanstvo i vlast svog vlasnika. Međutim, ne može svako da ima automobil oblak zato što je on dat samo onima koji su kvalifikovani da uđu u Novi Jerusalim time što su potpuno posvećeni i verni u celoj Božjoj kući.

Oni koji uđu u Novi Jerusalim mogu da idu bilo kuda sa Gospodom vozeći ovaj automobil oblak. Tokom vožnje, nebeska vojska i anđeli ih prate i služe im. To je isto kao kada mnogo ministara služe kralju ili princu kada je on na putu. Zato pratnja i služba nebeske vojske i anđela ističu vlast i slavu vlasnika.

Automobile oblake obično voze anđeli. Postoje oni sa jednim sedištem za privatnu upotrebu, ili sa više sedišta gde više ljudi mogu da se voze zajedno. Kada osoba u Novom Jerusalimu igra golf i kreće se po polju, automobil oblak dolazi i zaustavlja se pored gospodarevih stopala. Kada on uđe u njega, vozilo se u momentu pomera ka lopti veoma nežno.

Zamislite da letite na nebu, vozite automobil oblak u pratnji nebeske vojske i anđela u Novom Jerusalimu. Takođe, zamislite da vozite automobil oblak sa Gospodom, ili da putujete širokim veličanstvenim nebom u nebeskom vozu sa svojim voljenima. Vi ćete verovatno biti preplavljeni radošću.

## 5. Zabava na nebu

Neki možda misle da nema mnogo zabave živeti kao nebesko telo, ali nije tako. Vi se umarate i ne možete biti u potpunosti zadovoljni zabavom u ovom fizičkom svetu, ali u duhovnom

svetu, „zabava" je uvek nova i osvežavajuća.
Tako da čak i u ovom svetu, što više ispunjavate čitav duh, možete da iskusite dublju ljubav i srećniji ste. Na nebu, vi možete da uživate ne samo u hobijima već takođe u mnogim vrstama zabava, i neuporedivo je zabavnije nego bilo koji oblik zabave na ovoj zemlji.

## Uživanje u hobijima i igrama

Baš kao što ljudi na ovoj zemlji razvijaju svoje talente i čine svoje živote mnogo sadržajnijim kroz njihove hobije, vi možete da imate i da uživate u hobijima i na nebu. Možete da uživate ne samo u onome što ste voleli na ovoj zemlji, već i u stvarima od kojih ste se uzdržavali kako bi radili Božja dela koliko god želite. Takođe možete da naučite nove stvari.

Oni koji vole muzičke instrumente mogu da hvale Boga svirajući na harfi. Ili možete da naučite da svirate klavir, flautu i mnoge druge instrumente, i možete da ih naučite mnogo brzo zato što svako postaje mnogo mudriji na nebu.

Takođe možete da razgovarate sa prirodom i nebeskim životinjama da upotpunite vaše uživanje. Čak i biljke i životinje raspoznaju decu Božju, žele im dobrodošlicu, i izražavaju svoju ljubav i poštovanje za njih.

Dalje, možete da uživate u mnogim sportovima kao što su tenis, košarka, kuglanje, golf i paraglajding, ali ne i u nekim sportskim događajima, kao što su rvanje ili boks, koji mogu druge da ugroze. Uređaji i oprema nisu ni malo opasni. Oni su napravljeni od čudesnih materijala i ukrašeni su zlatom i dragim kamenjem kako bi dali više radosti i zadovoljstva dok se uživa u sportu.

Takođe, sportska oprema prepoznaje dobra srca ljudi i daje im više zadovoljstva. Na primer, ako uživate u kuglanju, lopta ili kegle menjaju boju, i nameštaju svoju poziciju i razdaljinu kao što želite. Kegle padaju uz prelepu svetlost i radosni zvuk. Ako želite izgubite od vašeg partnera, kegle se pomeraju u skladu sa vašom željom i čine vas srećnijim.

Na nebu, nema zla koje želi da pobedi ili porazi nekog drugog. Pobeda u igri je davati drugima još više zadovoljstva i dobiti. Neki se možda pitaju o značenju igre u kojoj niti ima pobednika niti gubitnika, ali na nebu vi ne dobijate zadovoljstvo tako što ćete pobediti nekoga. Igrati samu igru je radost.

Naravno, ima nekih igara sa kojima vi dobijate zadovoljstvo kroz dobro i pošteno takmičenje. Na primer, postoji igra u kojoj pobeđujete u zavisnosti od toga koliko ste udahnuli miris cveća, koliko dobro ćete ih pomešati na najbolji način i ispustiti najbolji miris, i slično.

### Različite vrste zabava

Neki od onih koji vole arkadne igre pitaju da li na nebu ima takva stvar kao što su arkadne igre. Naravno da ima mnogo igara koje su zabavnije od onih na ovoj zemlji.

Igre na nebu, za razliku od onih na zemlji, vas nikada ne zamaraju ili pogoršavaju vaš vid. Sa njima vam nikada neće biti dosadno. Umesto toga, one će vas podmladiti i smiriti. Kada pobedite ili postignete najbolji rezultat, osećate najveće zadovoljstvo i nikada ne gubite interesovanja.

Ljudi na nebu su u nebeskim telima, tako da se nikada ne plaše pada u vožnji u zabavnom parku, kao što je vožnja džinovskim toboganom. Oni samo osećaju uzbuđenje i zadovoljstvo. Čak i oni koji imaju akrofobiju na ovoj zemlji mogu da uživaju u ovim stvarima na nebu koliko god žele.

Čak iako ispadnete iz tobogana, nećete se povrediti zato što ste nebesko telo. Vi ćete pasti na zemlju mnogo bezbedno kao majstor nekih borilačkih veština, ili će anđeli da vas zaštite. Pa zamislite da se vozite na toboganu, vrišteći sa Gospodom, i sa svim vašim voljenima. Koliko srećno i bajno bi to bilo!

## 6. Bogosluženje, edukacija i kultura na nebu

Nema potrebe da radite za hranu, odeću i pokućstvo na nebu. Tako da će se neki pitati: „Šta ćemo zauvek raditi? Zar nećemo postati bespomoćni zbog dangubljenja?" Međutim, nema uopšte potrebe da brinete.

Na nebu postoje mnoge stvari u kojima možete srećno uživati. Postoji mnogo vrsta interesantnih i uzbudljivih aktivnosti i događaja kao što su igre, edukacija, službe bogosluženja, zabave i festivali, putovanja i sportovi.

Od vas se ne zahteva niti ste prisiljeni da učestvujete u ovim aktivnostima. Svako sve radi dobrovoljno, i radi sa zadovoljstvom jer sve što radite pruža vam ogromnu sreću.

### Radosno bogosluženje pred Bogom Stvoriteljem

Baš kao što posećujete službe i služite Bogu u određeno vreme na ovoj zemlji, vi služite Bogu i na nebu u određeno vreme.

Naravno, Bog drži propoved i kroz Njegove poruke, vi možete da učite o Božjem poreklu i duhovnom carstvu koje nema niti početak ni kraj.

Uopšteno, oni koji se izdvajaju u svojim studijama raduju se tim časovima i susretu sa učiteljem. Čak i u životu vere, oni koji vole Boga i bogosluže u duhu i istini raduju se različitim službama bogosluženja i slušanju glasa pastira koji propoveda reč života.

Kada odete na nebo, radost i sreća vam je u služenju Bogu i radujete se da čujete Božju reč. Možete da slušate Božju reč kroz službe, imate vremena da razgovarate sa Bogom, ili da slušate reč Gospoda. Takođe, postoji vreme za molitve. Ipak, vi ne klečite i ne molite se zatvorenih očiju kao što to radite na zemlji. To je vreme da popričate sa Bogom. Molitve na nebu su razgovori sa Bogom Ocem, Gospodom i Svetim Duhom. Koliko će srećno i sjajno to vreme biti!

Vi takođe možete pevati hvale Bogu kao što radite na ovoj zemlji. Ipak, to nije ni na jednom jeziku ovog sveta, već ćete hvaliti Boga novim pesmama. Oni koji su prošli kroz iskušenja zajedno ili sa članovima iste crkve na ovoj zemlji skupiće se zajedno sa svojim pastirom da bogosluže i da se druže.

Onda, kako ljudi zajedno služe na nebu, posebno ako su njihovi stanovi na različitim mestima širom neba? Na nebu, svetla nebeskih tela se razlikuju u svakom mestu boravka, tako da oni pozajmljuju prikladnu odeću da odu na druga mesta višeg nivoa. Zato, da bi posetili službu bogosluženja koja se održava u Novom Jerusalimu, koji je prekriven svetlom slave, svi ljudi u drugim mestima moraju da pozajme prikladnu odeću.

Uzgred rečeno, baš kao što možete da posetite i gledate

istu službu preko satelita u celom svetu u isto vreme, istu stvar možete da uradite i na nebu. Vi možete da posetite i da gledate službu koja se održava u Novom Jerusalimu sa svih drugih mesta na nebu, ali ekran na nebu je tako prirodan da ćete osećati kao da sami prisustvujete službi.

Takođe, možete da pozovete pra očeve vere kao što je Mojsije ili apostol Pavle i da služite zajedno. Međutim, vi morate da imate prikladan duhovni autoritet da bi pozvali ove plemenite ličnosti.

## Učenje o novim i dubokim duhovnim tajnama

Božja deca nauče mnogo duhovnih stvari dok se kultivišu na ovoj zemlji, ali ono što ovde nauče je samo jedan korak na putu do neba. Posle ulaska na nebo, oni počinju da uče o novom svetu.

Na primer, kada vernici u Isusa Hrista umru, osim onih koji idu u Novi Jerusalim, oni ostaju u području koje je smešteno na ivici Raja, i tamo od anđela počinju da uče o etici i nebeskim pravilima.

Baš kao što ljudi na ovoj zemlji moraju da budu edukovani kako bi se prilagodili društvu tokom rasta, da bi živeli u novom svetu duhovnog kraljevstva, vi morate da budete naučeni do detalja kako da se ponašate.

Dok uče mnogo stvari na ovoj zemlji, neki se možda pitaju zašto moraju još uvek da uče na nebu. Učenje na ovoj zemlji je proces duhovnog treniranja, a pravo učenje počinje samo onda kada uđete na nebo.

Isto tako, nema kraja učenju zato što je kraljevstvo Božje

bezgranično i traje zauvek. Bez obzira koliko učite, vi ne možete potpuno da naučite o Bogu koji postoji još pre nastanka. Vi nikada ne možete potpuno znati dubinu Boga koji postoji večno, koji kontroliše ceo univerzum i sve stvari u njemu, i koji će za navek biti tamo.

Zato možete da shvatite da ima nebrojanih stvari za učenje ako odete u bezgranično duhovno carstvo, i da je duhovno učenje veoma interesantno i zabavno, za razliku od nekih učenja na ovom svetu.

Šta više, duhovno učenje nikada nije obavezno i nema ispita. Nikada ne zaboravite šta ste naučili, tako da nikada nije teško ni iscrpljujuće. Vama nikada neće biti dosadno ili dokono na nebu. Vi ćete jednostavno biti srećni da naučite čudesne i nove stvari.

## Zabave, banketi i predstave

Na nebu ima i mnogo vrsta zabava i predstava. Ove zabave su vrhunac zadovoljstva na nebu. Tu ste na prvi pogled zaneseni i radosni od gledanja nebeskog bogatstva, slobode, lepote i slave.

Baš kao i što se ljudi na ovoj zemlji najlepše ukrašavaju kako kad idu na prestižne zabave, i jedu, piju i uživaju u najboljim stvarima, vi možete da imate zabave sa ljudima koji se najlepše ukrašavaju. Zabave su ispunjene prelepim plesovima, pesmama, i zvukom smeha sreće.

Takođe, ima mesta kao što su Karnegi Hol (Carnegie Hall) u Nju Jorku (New York) ili Sidnejska Opera (Sydney Opera House) u Australiji gde možete da uživate u raznim predstavama. Predstave na nebu nisu da bi uzdizali sebe već samo da slavite Boga, da obradujete i usrećite Gospoda i delite ih sa drugima.

Izvođači su uglavnom oni koji su najviše slavili Boga hvalospevima, igrom, muzičkim instrumentima i predstavama na ovoj zemlji. Ponekad ovi ljudi mogu da izvode iste muzičke komade koje su izvodili na ovoj zemlji. Ili, oni koji su želeli da rade ove stvari na zemlji ali to nisu mogli zbog određenih okolnosti, mogu da hvale Boga novim pesmama i novim plesovima na nebu.

Takođe, postoje bioskopi u kojima možete da gledate filmove. U Prvom ili Drugom Kraljevstvu, ljudi obično gledaju filmove u javnim bioskopima. U Trećem Kraljevstvu i Novom Jerusalimu, svaki stanovnik ima sopstvenu tehniku u svojoj kući. Ljudi mogu da vide filmove sami ili da pozovu svoje voljene da prate filmove dok jedu grickalice.

U Bibliji, apostol Pavle je bio u Trećem Kraljevstvu, ali to nije mogao da otkrije drugima (1 Poslanica Korinćanima 12:4). Veoma je teško objasniti ljudima da razumeju nebo zato što to nije svet dobro poznat i razumljiv ljudima. Umesto toga, postoji velika mogućnost da će to ljudi pogrešno da razumeju.

Nebo pripada duhovnom carstvu. Ima mnogo stvari koje ne možete da razumete ili da zamislite na nebu, gde je sve ispunjeno srećom i zadovoljstvom koju vi nikad ne možete da iskusite na ovoj zemlji.

Bog je pripremio tako lepo nebo za vas da živite, i On vas ohrabruje da imate dolične kvalifikacije da uđete u njega kroz Bibliju.

Zbog toga, ja se molim u ime Gospoda da vi možete da primite Gospoda sa radošću i doličnim kvalifikacijama koje su neophodne da bi bili spremni kao Njegova lepa mlada kada se On vrati ponovo.

# Poglavlje 6

# Raj

1. Lepota i sreća Raja
2. Koja vrsta ljudi ide u Raj?

*I reče mu Isus:*
*„Zaista ti kažem,*
*danas ćeš ti biti sa Mnom u Raju.“*

- Jevanđelje po Luki 23:43 -

Svi oni koji veruju u Isusa Hrista kao svog ličnog Spasitelja i čija imena su zapisana u knjizi života moći će da uživaju u večnom životu na nebu. Već sam objasnio, međutim, postoje koraci u rastu vere, a mesta stanovanja, krune i nagrade date na nebu zavisiće od mere vere svakog pojedinca.

Oni koji više liče na Božje srce živeće mnogo bliže Božjem prestolu, i što su dalje od Božjeg prestola, manje liče na Božje srce.

Raj je najdalje mesto od Božjeg prestola koje ima najmanje svetlosti Božje slave, i to je najniži nivo na nebu. Ipak, on je još uvek neuporedivo lepši nego ova zemlja, čak i mnogo lepši od Edenskog vrta.

Onda, kakvo mesto je nebo i kakvi ljudi tamo idu?

## 1. Lepota i sreća Raja

Područje na ivici Raja se koristi kao Čekaonica do Sudnjeg Dana Belog prestola (Otkrivenje Jovanovo 20:11-12). Osim onih koji su već otišli u Novi Jerusalim nakon što su ispunili Božje srce, i pomažu u Božjim delima, svi ostali koji su od početka spašeni čekaju u područjima na ivici Raja.

Tako shvatate da je Raj tako širok da se njegova ivična područja koriste kao Čekaonica za tako mnogo ljudi. Mada je ovaj široki Raj najniže mesto na nebu, ipak je neuporedivo lepše i srećnije mesto nego ova zemlja, mesto prokleto od Boga.

Dalje, zato što je to mesto gde će ući oni koji su kultivisani

na ovoj zemlji, tamo ima mnogo više sreće i radosti nego u Edenskom vrtu gde je prvi čovek Adam živeo.
Sada, hajde da pogledamo lepotu i radost Raja koje je Bog otkrio i obznanio.

### Široke ravnice pune lepih životinja i biljaka

Raj je kao široka ravnica gde ima mnogo dobro organizovanih pašnjaka i lepih vrtova. Mnogi anđeli održavaju i brinu o ovim mestima. Pesme ptica su tako jasne i čiste, i odjekuju kroz celi Raj. One izgledaju skoro kao ptice sa ove zemlje, ali malo su veće i imaju lepše perje. Njihovo pevanje u grupama je lepo.

Takođe, drveće i cveće u vrtovima je tako sveže i predivno. Drveće i cveće ove zemlje vene kako vreme prolazi, ali u Raju drveće je uvek zeleno a cveće nikada ne vene. Kada mu ljudi priđu, cveće se osmehuje, i ponekad odaje unikatni i pomešani miris na daljinu.

Sveže drveće rađa mnogo vrsta voća. Ono je malo veće nego voće sa ove zemlje. Kora je blistava i izgleda vrlo ukusno. Vi ne morate da oljuštite koru zato što nema prašine i crva. Kako lepa i srećna će biti scena u kojoj ljudi sede okolo na prelepom pašnjaku i razgovaraju, sa korpama punim divnog i ukusnog voća?

Takođe, ima mnogo životinja na širokom pašnjaku. Među njima su i lavovi koji se takođe mirno hrane travom. Oni su mnogo krupniji od lavova na ovoj zemlji, ali nisu ni malo agresivni. Oni su tako ljupki jer imaju blag karakter i čistu, blistavu dlaku.

## Reka Vode Života mirno teče

Reka Vode Života protiče čitavim nebom, od Novog Jerusalima do Raja, i nikada ne isparava i ne zagađuje se. Voda iz ove reke, koja potiče iz prestola Božjeg i osvežava sve, predstavlja srce Božje. To je čist i lep um koj je besprekoran, nevin i brilijantan bez ikakve tame. Srce Božje je u svemu savršeno i potpuno.

Reka Vode Života koja mirno teče je kao svetlucava morska voda koja na sunčanom danu reflektuje sunce. Ona je tako čista i providna da se ne može uporediti ni sa jednom vodom na ovoj zemlji. Gledajući sa neke razdaljine, ona izgleda plavo, i ona je kao plavo duboko more Mediterana ili Atlantskog okeana.

Tamo ima prelepih klupa pored puta na svakoj strani reke Vode Života. Oko klupa je drveće života koje daje voće svakog meseca. Voće drveta života je veće od voća sa ove zemlje, i ono miriše i tako je bajnog ukusa da ne može biti adekvatno opisano. Ono se topi kao šećerna vuna kada stavite jednu voćku u svoja usta.

## Nema privatne svojine u Raju

Ljudi u Raju nose belu odeću izatkanu iz jednog dela, ali nema nijedne dekoracije kao što je broš za odeću ili ijedna kruna ili šnala za kosu. To je zbog toga što oni nisu učinili ništa za kraljevstvo Božje kada su živeli na zemlji.

Isto tako, pošto svi oni koji idu u Raj nemaju nagrade, ne postoji privatna kuća, kruna, ukrasi ili anđeli dodeljeni da im služe. Postoji samo mesto gde mogu da borave duše koje žive u

# Raj I

Raju. Oni žive na mestu gde služe jedan drugog.

Slično je i sa Edenskim vrtom gde nema privatnih kuća za svakog stanara, ali ima značajna razlika u veličini sreće između dva mesta. Ljudi u Raju mogu da nazivaju Boga: „Ava Oče" zato što su prihvatili Isusa Hrista i primili Svetog Duha, tako da osećaju radost koja ne može da se uporedi sa srećom Edenskog vrta.

Dakle, to je takav blagoslov i dragocena stvar da ste rođeni na ovom svetu, iskusili mnoge vrste dobrih i loših stvari, postali iskreno dete Božje, i imate veru.

## Raj pun sreće i radosti

Čak je i život u Raju prepun sreće i radosti u granicama istine zato što tamo nema zla i svako teži prvo ka dobrobiti drugih. Niko ne povređuje drugoga već samo služe jedni druge sa ljubavlju. Koliko će divan ovaj život da bude!

Šta više, ne morate da brinete o pokućstvu, odeći i hrani, a sama činjenica da nema suza, tuge, bolesti, bola ili smrti je sreća.

*I Bog će otrti svaku suzu od očiju njihovih, i smrti neće biti više, ni plača, ni vike, ni bolesti neće biti više; jer prvo prođe* (Otkrivenje Jovanovo 21:4).

Vi takođe vidite da baš kao što ima vođa anđela među svim anđelima, ima i rangiranje između ljudi u Raju, t.j. predstavnika i predstavljanih. Pošto su dela vere svakog pojedinca različita, oni koji imaju relativno veću veru su postavljeni kao predstavnici da vode brigu o nekom mestu ili o grupi ljudi. Ovi ljudi nose drugačiju odeću od običnih ljudi u Raju i imaju prednost u svemu. Ovo nije nešto nepravedno, već je sprovedeno Božjom nepristrasnom pravdom da uzvrati shodno sa delima svakoga. Pošto nema ljubomore i zavisti na nebu, ljudi nikada ne mrze i ne vređaju se kada su bolje stvari date drugima. Umesto toga, oni su srećni i milo im je da vide da drugi dobijaju dobre stvari. Treba da razumete da je Raj neuporedivo lepše i srećnije mesto nego ova zemlja.

## 2. Koja vrsta ljudi ide u Raj?

Raj je divno mesto koje je napravljeno u granicama Božje velike ljubavi i milosti. To je mesto za one koji nisu dovoljno kvalifikovani da budu zvani istinskom Božjom decom, ali znaju Boga i veruju u Isusa Hrista, i zato ne mogu biti poslati u pakao. Onda, koja tačno vrsta ljudi ide u Raj?

### Pokajanje pred samu smrt

Kao prvo, Raj je mesto za one koji su se pokajali pred samu svoju smrt i prihvatili Isusa Hrista da bi bili spašeni, kao razbojnik koji je visio sa jedne Isusove strane. Ako čitate Jevanđelje po Luki 23:39 pa nadalje, naići ćete da su dva razbojnika bila razapeta sa svake od Isusovih strana. Jedan od razbojnika je sipao uvrede na Isusa, a drugi je zamerio prvom, pokajao se, i prihvatio Isusa kao svog Spasitelja. Onda je Isus rekao ovom drugom razbojniku, koji se pokajao, da je spašen. On je rekao razbojniku: „Zaista ti kažem danas, bićeš sa Mnom u raju." Ovaj razbojnik je samo prihvatio Isusa kao svog Spasitelja. On nije ni odbacio svoje grehove niti je živeo po Božjoj reči. Zato što je prihvatio Gospoda baš pre nego što je umro, on nije imao vremena da uči o Božjoj reči i radi u skladu sa njom.

Vi treba da razumete da je Raj za one koji su prihvatili Isusa Hrista, ali nisu ništa učinili za kraljevstvo Božje, kao što je ovaj razbojnik opisan u Jevanđelju po Luki 23.

Ipak, ako mislite: „Ja ću prihvatiti Gospoda neposredno pre no što umrem tako da mogu da odem u Raj koji je tako srećno i lepo mesto, i ne može da se uporedi sa ovom zemljom," to je pogrešna ideja. Bog je dozvolio razbojniku sa jedne strane da bude spašen zato što je On znao da je razbojnik imao iskrenu nameru da voli Boga do kraja, a ne da se odrekne Gospoda da je samo imao više vremena da živi.

Međutim, ne može svako da prihvati Gospoda pred samu smrt, i vera ne može biti data u momentu. Zato treba da shvatite da je redak ovakav slučaj u kojem je razbojnik na jednoj strani Isusovoj bio spašen pred samu smrt.

Takođe, ljudi koji dobiju sramotno spasenje još uvek imaju dosta zla u srcima čak i kad su spašeni, zato što su živeli kako su oni želeli.

Oni će biti zahvalni Bogu zauvek samo zbog činjenice da su u Raju i uživati u večnom životu na nebu samo prihvatanjem Isusa Hrista kao svog Spasitelja, čak iako nisu ništa učinili sa verom na ovoj zemlji.

Raj je mnogo drugačiji od Novog Jerusalima gde je Božji presto, ali sama činjenica da oni nisu otišli u pakao već su spašeni, čini ih mnogo srećnim i radosnim.

## Nedostatak rasta u duhovnoj veri

Drugo, čak iako ljudi prihvate Isusa Hrista i imaju veru, oni dobijaju sramotno spasenje i idu u Raj ako nema rasta u njihovoj veri. Ne samo novi vernici već i oni koji su verovali duže vreme moraju da idu u Raj ako njihova vera ostane na prvom nivou vere sve vreme.

Jednom, Bog mi je dozvolio da čujem ispovest vernika koji je imao veru duže vreme, a trenutno je boravio u Nebeskoj Čekaonici na ivici Raja.

On je bio rođen u porodici koja uopšte nije znala Boga i obožavala je idole, i počeo je da živi Hrišćanskim životom kasnije u svom životu. Ipak, pošto nije imao iskrenu veru, on je i dalje živeo u granicama greha i izgubio je vid na jednom oku. On je shvatio šta je iskrena vera nakon što je pročitao moju knjigu svedočenja Probanje večnog života pre smrti, učlanio se u ovu crkvu i kasnije otišao na nebo dok je vodio Hrišćanski život u ovoj crkvi.

Mogao sam da čujem njegovu ispovest punu radosti što je spašen zato što je otišao u Raj nakon toliko patnje, tuge, bola, i bolesti tokom svog života ovde na zemlji.

„Toliko sam slobodan i srećan što sam došao ovde gore nakon što sam odbacio svoje telo. Ne znam što sam pokušavao da držim telesnih stvari. One su sve bile besmislene. Pridržavati se telesnih stvari je tako besmisleno i beskorisno od kako sam došao ovde nakon što sam odbacio telo.

U mom životu na zemlji, bilo je perioda radosti i zahvalnosti, razočarenja i očaja. Ovde, kada pogledam sebe u ovoj udobnosti i sreći, podsetim se vremena kada sam pokušao da se držim besmislenog života i da ostanem u tom bezvrednom životu. Ali mojoj duši ništa ne nedostaje sada kada sam na ovom udobnom mestu, i sama činjenica da mogu da budem na mestu spasenja daje mi veliku radost.

Mnogo mi je udobno ovde na ovom mestu. Udobno mi je zato što sam odbacio svoje telo, i radujem se zato što sam došao na ovo mirno mesto nakon iscrpljujućeg života na zemlji. Nisam stvarno znao da je tako radosna stvar odbaciti telo, ali toliko sam miran i radostan što sam odbacio telo i došao na ovo mirno mesto.

To što nisam mogao da vidim, ni da hodam, ni da radim mnoge druge stvari bilo je sve fizički izazov za mene u to vreme, ali sada sam očaran i zahvalan nakon što sam primio večni život i došao ovde zato što osećam da mogu da budem na ovakvom lepom mestu zbog svih tih stvari.

Ovo gde sam nije Prvo Kraljevstvo, Drugo Kraljevstvo, Treće Kraljevstvo, ili Novi Jerusalim. Ja sam samo u Raju, ali sam veoma zahvalan i radostan što jesam u Raju.

Moja duša je zadovoljna ovime.
Moja duša peva hvale na ovome.

Moja duša je srećna zbog ovoga.
Moja duša je zahvalna na ovome.

Ja sam radostan i zahvalan zato što sam završio siromašan i jadan život i došao da uživam u ovom udobnom životu."

### Nazadovanje u veri zbog iskušenja

Konačno, postoje neki ljudi koji su bili ispunjeni verom, ali su postepeno u svojoj veri postali mlaki iz raznih razloga, i jedva su primili spasenje.

Čovek koji je bio starešina u mojoj crkvi služio je odano u mnogim delima crkve. Tako da se njegova vera spolja činila velikom, ali on se iznenada jednog dana ozbiljno razboleo. Nije čak mogao ni da govori i došao je da primi moju molitvu. Umesto da se molim za izlečenje, ja sam se molio za njegovo spasenje. U to vreme, njegova duša je mnogo patila od velikog straha zbog borbe između anđela koji su pokušavali da ga odnesu na nebo i zlih duhova koji su pokušavali da ga odvedu u pakao. Da je posedovao dovoljno vere da bude spasen, zli duhovi ne bi uopšte ni dolazili da ga uzmu. Tako da sam se odmah molio da oteram zle duhove, i molio sam se Bogu da On primi ovog čoveka. Odmah nakon molitve, on je dobio utehu i prolio suze. Pokajao se baš pre nego što je umro i bio tek jedva spašen.

Isto tako, čak iako primite Svetog Duha i budete određeni na poziciju đakona ili starešine, bila bi sramota u Božjim očima da živite u granicama grehova. Ako se ne preobratite od ove vrste mlakog duhovnog života, Sveti Duh u vama postepeno nestaje, i vi nećete biti spašeni.

*Znam tvoja dela da nisi ni studen ni vruć; Želim da si studen ili vruć. Tako, budući mlak, i nisi ni studen ni vruć, izbljuvaću te iz usta Svojih* (Otkrivenje Jovanovo 3:15-16).

Zbog toga morate da shvatite da je odlazak u Raj vrlo sramno spasenje i da budete poletniji i snažniji u odrastanju vaše vere. Ovaj čovek je jednom ozdraveo pošto je u prošlosti primio moju molitvu i čak se njegova žena vratila u život sa praga smrti kroz moju molitvu. Slušajući reči života, njegova porodica koja je imala mnogo problema postala je srećna porodica. Od tada, on je izrastao u vernog Božjeg radnika kroz svoju istrajnost i bio je veran u svojim dužnostima.

Međutim, kada se crkva suočila sa iskušenjem, on nije pokušao da je štiti ili brani nego je umesto toga dozvolio da njegove misli kontroliše Satana. Reči koje su izašle iz njegovih ustiju izgradile su veliki zid greha između njega i Boga. Konačno, on više nije mogao biti pod Božjom zaštitom i bio je napadnut ozbiljnom bolešću.

Kao Božji radnik, nije trebao ni da vidi ni da sluša išta što je protiv istine i Božje volje, ali umesto toga, on je hteo da sluša takve stvari i da ih širi. Bog je samo mogao da okrene Svoje lice od tog čoveka zato što je on okrenuo leđa velikoj milosti Božjoj kao što je izlečenje od ozbiljne bolesti.

Zato su se njegove nagrade srušile i on više nije mogao da smogne snagu da se moli. Njegova vera je opala i na kraju je dostigla tačku gde on čak nije mogao biti siguran u spasenje.

Srećom, Bog se sećao njegovih usluga crkvi u prošlosti. Tako da je čovek mogao da primi sramno spasenje pošto mu je Bog dao milost da se pokaje za ono što je uradio ranije.

**Pun zahvalnosti zato što je spašen**

Dakle, kako bi se ispovedao onda kada je već bio spašen i poslat u Raj? Zato što je bio spašen na raskrsnici neba i pakla, ja sam mogao da ga čujem kako se ispoveda sa iskrenim mirom.

„Ja sam ovako spašen. Čak iako sam u Raju, ja sam zadovoljan zato što sam oslobođen od svih strahova i nevolja. Moj duh, koja bi otišla dole u tamu, ušla je u ovu lepu i ugodnu svetlost."

Koliko će biti velika njegova radost nakon što se oslobodio straha od pakla! Ipak, pošto je on sramotno spašen kao starešina crkve, Bog mi je dozvolio da čujem njegovu molitvu pokajanja dok je boravio u Višem Grobu pre nego što je otišao u Čekaonicu u Raju. On se i tamo pokajao od svojih grehova, i zahvalio mi se što sam se molio za njega. On se takođe zavetovao Bogu da se neprestano moli za crkvu i mene kojem je služio sve dok se ne sretne sa njim ponovo na nebu.

Još od postanka ljudske kultivacije na ovoj zemlji, bilo je mnogo više ljudi koji su imali kvalifikacije da odu u Raj nego ukupan broj svih ljudi koji mogu da odu na bilo koje drugo mesto na nebu.

Oni koji su jedva spašeni i idu u Raj su toliko zahvalni i srećni što mogu da uživaju u udobnosti i blagoslovu Raja zbog toga što nisu pali u pakao iako nisu vodili dolične Hrišćanske živote na zemlji.

Međutim, radost u Raju čak se ne može ni uporediti sa onom u Novom Jerusalimu, a takođe je i mnogo drugačija od sreće sledećeg nivoa, nebeskog Prvog Kraljevstva. Zato treba da shvatite da ono što je bitnije za Boga nisu godine vaše vere, već stav vašeg unutrašnjeg srca prema Bogu i ponašanje po Božjoj volji.

Danas, mnogo ljudi se odaje zadovoljstvima i živi u grešnoj prirodi dok izjavljuju da su primili Svetog Duha. Ovi ljudi jedva da mogu da prime sramno spasenje i odu u Raj, ili eventualno padnu u smrt što je pakao zato što će Sveti Duh u njima nestati.

Ili neki takozvani vernici postaju arogantni kada mnogo slušaju i nauče o Božjoj reči, i osuđuju i krive druge vernike iako su ovi živeli Hrišćanskim životom dugo vremena. Bez obzira koliko su zaneseni ili verni Božjem službovanju, nema nikakve koristi ako ne shvate zlobu u svojim srcima i otarase se svojih grehova.

Zato, ja se molim u ime Gospoda da ti, dete Božje koje je primilo Svetog Duha, odbaciš svoje grehove i sve vrste zla i boriš se da se ponašaš samo po reči Božjoj.

# Poglavlje 7

## Prvo kraljevstvo neba

1. Njegova lepota i radost nadmašuju Raj
2. Koja vrsta ljudi ide u Prvo Kraljevstvo?

*Svaki pak koji se bori
od svega se uzdržava.
Oni dakle da dobiju raspadljiv venac,
a mi neraspadljiv.*

- 1 Poslanica Korinćanima 9:25 -

Raj je mesto za one koji su prihvatili Isusa Hrista ali nisu ništa učinili svojom verom. To je mnogo lepše i srećnije mesto nego ova zemlja. Dakle, koliko lepše će biti nebesko Prvo Kraljevstvo, mesto za one koji su pokušali da žive po reči Božjoj? Prvo Kraljevstvo je bliže Božjem prestolu nego Raj, ali postoji mnogo lepših mesta na nebu. Ipak, oni koji su ušli u Prvo Kraljevstvo biće zadovoljni time što im je dato, i biće srećni. To je kao zlatna ribica koja je zadovoljna što je u akvarijumu, i ne želi ništa drugo.

Vi ćete podrobnije pogledati kakvo mesto je nebesko Prvo Kraljevstvo, koje je viši nivo od Raja, i kakvi ljudi idu tamo.

## 1. Njegova lepota i radost nadmašuju Raj

Pošto je Raj mesto za one koji nisu ništa učinili sa verom, tamo neće biti lične svojine kao nagrada. Od Prvog Kraljevstva pa naviše, međutim, lična svojina kao što su kuće i krune date su kao nagrade.

U Prvom Kraljevstvu, čovek živi u svojoj ili žena u svojoj vlastitoj kući i dobija krunu koja će trajati zauvek. Posedovanje sopstvene kuće na nebu je samo po sebi velika slava, tako da svako u Prvom Kraljevstvu oseća sreću koja se ne može uporediti sa onom Rajskom.

### Lepo dekorisane privatne kuće

Lične rezidencije u Prvom Kraljevstvu nisu odvojene kuće već su nalik ovozemaljskim apartmanima ili stanovima. Međutim, one nisu izgrađene od cementa ili cigala, već od divnih nebeskih materijala poput zlata i dragog kamenja.

Ove kuće nemaju stepeništa, već samo lepe liftove. Na ovoj zemlji, vi morate da pritisnete dugme, ali na nebu oni automatski idu na sprat na koji želite.

Među onima koji su bili na nebu, ima onih koji svedoče da su videli apartmane na nebu, a to je zato što su videli Prvo Kraljevstvo među mnogim nebeskim mestima. Ove apartmanima nalik kuće imaju sve što je potrebno za život, tako da nema nikakve neugodnosti.

Postoje muzički instrumenti za one koji vole muziku tako da mogu da sviraju na njima i knjige za one koji uživaju u čitanju. Svako ima svoj lični prostor gde on ili ona mogu da odmaraju, i to je stvarno prijatno.

Na ovaj način, u Prvom Kraljevstvu okruženje je napravljeno u skladu sa gospodarovim izborom. Tako da je ovo mnogo lepše i srećnije mesto nego Raj, i puno je radosti i ugodnosti koju nikad ne možete iskusiti na ovoj zemlji.

### Javni vrtovi, jezera, bazeni i slično

Pošto kuće Prvog Kraljevstva nisu usamljene kuće, ima javnih vrtova, jezera, bazena i golf terena. To je isto kao što ljudi na ovoj zemlji koji žive u stanovima i dele javne vrtove, teniske terene, ili bazene za kupanje.

Ova javna svojina ne može biti nikada pohabana ili slomljena jer je anđeli uvek održavaju u najboljem stanju. Anđeli pomažu ljudima u korišćenju ove opreme, tako da nema neslaganja mada je to javna svojina.

U Raju nema anđela koji služe, već ljudi mogu da dobiju pomoć od anđela u Prvom Kraljevstvu. Tako da ovde oni osećaju drugačiju vrstu radosti i sreće. Mada nema ni jednog anđela koji pripada nekoj posebnoj osobi, postoje anđeli koji vode računa o objektima.

Na primer, ako želite da jedete neko voće kad razgovarate sa svojim voljenima dok sedite na zlatnim klupama blizu Reke Vode Života, anđeli će odmah da vam donesu voće i uslužiće vas učtivo. Zato što ima anđela koji pomažu Božjoj deci, radost i sreća koje se osećaju, mnogo se razlikuju od onih u Raju.

### Prvo Kraljevstvo nadmašuje Raj

Čak i boje i mirisi cveća, i sjaj i lepota životinjskog krzna se razlikuje od onih u Raju. To je zato što je Bog sve obezbedio u skladu sa merom vere ljudi na svakom mestu neba.

Čak i ljudi na ovoj zemlji imaju drugačije standarde lepote. Stručnjaci za cveće, na primer, će suditi o lepoti čak i jednog cveta na osnovu mnogih različitih kriterijuma. Na nebu, mirisi cveća u svakom nebeskom mestu boravka su različiti. Čak i u okviru istog mesta, svaki cvet ima svoj poseban miris.

Bog je opremio cveće na takav način da će se ljudi u Prvom Kraljevstvu osećati najbolje kada pomirišu mirise cveća. Naravno, voće ima drugačiji ukus na različitim mestima neba. Bog je dao i boje i miris svakom voću shodno sa nivoom svakog mesta boravka.

Kako da se pripremite i poslužite kada primate nekog važnog gosta? Vi ćete pokušati da udovoljite ukusu gosta na način koji će pružiti najveće zadovoljstvo vašem gostu. Isto tako, Bog je sve promišljeno obezbedio kako bi Njegova deca bila zadovoljna u svim aspektima.

## 2. Koja vrsta ljudi ide u Prvo Kraljevstvo?

Raj je mesto na nebu za one koji su na prvom nivou vere, koji su spašeni verovanjem u Isusa Hrista, ali nisu ništa učinili za kraljevstvo Božje. Onda, koja vrsta ljudi ide u Prvo Kraljevstvo neba koje je iznad Raja i uživa u večnom životu tamo?

### Ljudi koji pokušavaju da čine po Božjoj reči

Prvo Kraljevstvo neba je mesto za one koji su prihvatili Isusa Hrista i pokušali da žive po Božjoj reči. Oni koji su samo prihvatili Gospoda dolaze u crkvu nedeljom i slušaju reč Božju, ali ne znaju šta je zapravo greh, zašto moraju da se mole, i zašto moraju da odbace svoje grehove. Slično tome, oni koji su na prvom nivou vere iskusili su radost prve ljubavi što su rođeni vodom i Svetim Duhom, ali ne shvataju šta je greh i još nisu otkrili svoje grehove.

Ipak, ako dostignete drugi nivo vere, shvatate grehove i ispravnost uz pomoć Svetog Duha. Tako da vi pokušavate da živite po reči Božjoj, ali ne možete odmah to da učinite. To je isto kao kad beba prvi put uči da hoda; ona će nastaviti da hoda i pada.

Prvo Kraljevstvo je mesto za ovu vrstu ljudi, koji pokušavaju da žive po reči Božjoj, i krune koje večno traju će biti date. Baš kao što sportisti moraju da igraju po pravilima igre (2 Timotejeva Poslanica 2:5-6), deca Božja moraju da vode dobru borbu vere u skladu sa istinom. Ako ignorišete pravila duhovnog kraljevstva, koja su Božji zakon, kao i sportista koji ne igra po pravilima, vi imate mrtvu veru. Onda vi nećete biti smatrani učesnikom i nećete dobiti ni jednu krunu.

Ipak, za svakoga u Prvom Kraljevstvu, kruna je data zato što su oni pokušali da žive po reči Božjoj čak i iako njihova dela nisu bila dovoljna. Međutim, to je ipak sramno spasenje. To je zato što nisu živeli po Božjoj reči u potpunosti iako su imali veru da stignu u Prvo Kraljevstvo.

### Sramotno spasenje ako delo izgori

Onda, šta je tačno „sramotno spasenje?" U 1 Poslanici Korinćanima 3:12-15, videćete da delo koje je neko sagradio može ili da preživi ili da izgori.

*Ako li ko zida na ovom temelju, zlato, srebro, drago kamenje, drva, seno, slamu, Svakog će delo izaći na videlo; jer će dan pokazati, jer će se ognjem otkriti, i svako delo pokazaće oganj kao što jeste. I ako ostane čije delo što je nazidao, primiće platu. A čije delo izgori, otići će u štetu; a sam će se spasti tako kao kroz oganj.*

„Temelj" se ovde odnosi na Isusa Hrista i znači da sve što zidate na ovom temelju, vaše delo će biti otkriveno kroz iskušenja poput vatre.

Sa jedne strane, dela onih koji imaju veru kao zlato, srebro ili dragoceno kamenje će opstati čak i u vatrenim iskušenjima zato što čine po reči Božjoj. Sa druge strane, dela onih koji imaju veru kao drvo, seno ili slama će biti spaljena kada se suoče sa vatrenim iskušenjima zato što ne mogu da čine po reči Božjoj.

Zato, da bi ih doznačili po meri vere, zlato je peta (najviša), srebro četvrta, dragoceni kamen treća, drvo druga, a seno je prva (i najniža) mera vere. Drvo i seno imaju život, a vera kao drvo znači da čovek ima živu u veru ali je slaba. Slama, međutim, je suva i nema čak ni život, i ona se odnosi na one koji nemaju ni malo vere.

Zato, oni koji nemaju ni malo vere nemaju nikakve veze sa spasenjem. Drvo i slama, čija dela će biti spaljena vatrenim iskušenjima, pripadaju sramotnom spasenju. Bog će priznati veru zlata, srebra ili dragog kamenja, ali drvo i slamu, On ne može.

### Vera bez dela je mrtva

Neki možda misle: „Bio sam hrišćanin dugo vremena, tako da sam sigurno prevazišao prvi nivo vere, i mogu da odem makar u Prvo Kraljevstvo." Ipak, ako zaista imate iskrenu veru, vi ćete očigledno živeti po reči Božjoj. Na isti način, ako prekršite zakon i ne odbacite vaše grehe, Prvo Kraljevstvo, moguće čak i Raj, mogu biti van vašeg dosega.

Biblija vas pita u Poslanici Jakovljevoj 2:14: *„Kakva je korist, braćo moja, ako ko reče da ima veru a dela nema? Zar ga može vera spasti?"* Ako nemate dela, nećete biti spašeni. Vera bez dela je mrtva vera. Tako da oni koji se ne bore protiv greha ne mogu biti spašeni zato što su baš kao čovek koji je dobio kesu

srebra i držao je umotanu u parčetu tkanine (Jevanđelje po Luki 19:20-26).
Ovde „kesa srebra" stoji da označi Svetog Duha. Bog daje Svetog Duha kao poklon onima koji otvore svoje srce i prihvate Isusa Hrista kao svog ličnog Spasitelja. Sveti Duh vam omogućuje da prepoznate greh, pravednost i osudu, i pomaže vam da budete spašeni i da odete na nebo.

Sa jedne strane, ako priznajete svoje verovanje u Boga ali niste očistili srce ni praćenjem želje Svetog Duha ni delanjem po istini, onda Sveti Duh nema potrebe da ostane u vašem srcu. Sa druge strane, ako odbacite svoje grehove i činite po reči Božjoj uz pomoć Svetog Duha, vi možete da ličite na srce Isusa Hrista, koji je sama istina.

Zato, deca Božja koja su primila Svetog Duha kao dar treba da očiste svoja svoja srca od greha i rađaju voće Svetog Duha kako bi dostigli savršeno spasenje.

### Fizički odani ali duhovno neočišćeni

Bog mi je jednom otkrio člana koji je preminuo i otišao u Prvo Kraljevstvo, i pokazao mi je važnost vere praćene delima. On je služio kao član finansijskog odseka crkve osamnaest godina bez izdaje u svom srcu. On je bio odan i u drugim delima Božjim i data mu je titula starešine. On je pokušao da ponese plodove u mnogim poslovima i slavi Boga, često se pitajući: „Kako da još više ostvarim Božje kraljevstvo?"

Ipak, on nije bio mnogo uspešan zato što je ponekad sramotio Boga time što nije pratio pravi put zbog svojih telesnih misli i svog srca koje je često težilo ličnoj dobrobiti. Takođe bi pravio nečasne opaske, ljutio se na druge ljude, i u mnogim aspektima pokazao neposlušnost Božjoj Reči.

Drugim rečima, zato što je on bio fizički odan ali nije očistio od grehova svoje srce – što je najvažnija stvar – on je ostao u drugom nivou vere. Šta više, da su se njegovi finansijski i međuljudski problemi nastavili, on se ne bi pridržavao vere, već bi se nagodio sa nepravednošću.

Na kraju, zato što je nivo nazadovanja u njegovoj veri mogao da mu onemogući čak i ulazak u Raj, Bog je u najboljem trenutku pozvao njegovu dušu.

Kroz duhovnu komunikaciju nakon smrti, on je iskazao zahvalnost i pokajao zbog mnogih stvari. On se pokajao zato što je povređivao osećanja sveštenika ne prateći istinu, uzrokovao da drugi padnu, vređao druge, i nije činio čak iako je slušao reč Božju. On je takođe rekao da je oduvek osećao pritisak zato što se nije potpuno pokajao zbog svojih grešaka kada je bio na ovoj zemlji, ali sada je bio srećan zato što je mogao da prizna svoje greške.

Takođe, on je rekao da je zahvalan zato što kao starešina nije završio u Raju. I to je sramotno da kao starešina budete u Prvom Kraljevstvu, ali se ipak osećao mnogo bolje zato što je Prvo Kraljevstvo mnogo divnije nego Raj.

Zato, vi treba da shvatite da je najvažnija stvar očistiti od grehova vaše srce, što je bolje nego fizička odanost i titule.

### Bog vodi Svoju decu u bolje nebo kroz iskušenja

Baš kao što sportista treba mnogo da trenira i mnogo sati da radi da bi pobedio, vi takođe morate da se suočite sa iskušenjima kako bi otišli na bolje mesto boravka na nebu. Bog dozvoljava iskušenja Svojoj deci da bi ih poveo na bolja mesta na nebu, i iskušenja mogu biti podeljena u tri kategorije.

Prvo, postoje iskušenja da se oteraju grehovi. Da bi postali Božja istinska deca, vi morate da se borite protiv grehova sve do tačke prolivanja svoje krvi tako da možete da odbacite u potpunosti grehove. Ipak, Bog ponekad kažnjava Svoju decu zato što ona ne odbacuju grehove već nastavljaju da žive u grehovima (Poslanica Jevrejima 12:6). Baš kao što i roditelji ponekad kazne svoju decu kako bi ih poveli na pravi put, Bog ponekad dozvoljava iskušenja Svojoj deci kako bi bila savršena.

Drugo, postoje iskušenja kako bi se napravila dolična osoba i dali blagoslovi. David, čak i kada je bio mali dečak, spasio je svoje ovce tako što je ubio medveda ili lava koji su dirali njegovo stado. On je imao tako veliku veru da je čak ubio i Golijata, koga se cela izraelska armija plašila, sa praćkom i kamenom samo se oslanjajući na Boga. Razlog iz koga je ipak morao da se suoči sa iskušenjima, progonio ga je Kralj Saul, je taj što je Bog dozvolio ova iskušenja da bi bi Davida napravio velikom osobom i velikim kraljem.

Treće, postoje iskušenja da se okonča dokonost zato što ljudi mogu da se udalje od Boga ako su u mirovanju. Na primer, ima nekih ljudi koji su odani Božjem kraljevstvu, i zato primaju finansijske blagoslove. Onda oni prestaju da se mole i njihov entuzijazam za Boga se hladi. Ako ih Bog ostavi takve kakvi jesu, oni će možda upasti u smrt. Tako da ih On iskušava kako bi ponovo bili bistrog uma.

Vi treba da odbacite vaše grehove, činite pravedno i budete dolične osobe u Božjim očima shvatajući srce Boga koji dozvoljava iskušenja vere. Ja se nadam da ćete u potpunosti dobiti čudesne blagoslove koje je Bog pripremio za vas.

Neki će možda reći: „Ja želim da se promenim, ali to nije lako mada pokušavam." Ipak, on će reći takve stvari ne zato što je teško da se promeni, već više zbog toga što mu nedostaju revnost i strast da se promeni u dubini svog srca.

Ako vi stvarno razumete Božju reč duhovno i pokušate da se promenite iz unutašnjosti svog srca, vi možete brzo da se promenite zato što vam Bog daje milost i snagu da to učinite. I Sveti Duh vam, naravno, pomaže na ovom putu. Ako tek znate Božju reč u vašoj glavi samo kao deo znanja a ne činite shodno tome, vi ste verovatno na putu da postanete ponosni i uobraženi, i biće teško da budete spašeni.

Zato, ja se molim u ime Gospoda da ne gubite strast i radost vaše prve ljubavi i nastavite da pratite želje Svetog Duha kako bi posedovali bolje mesto na nebu.

# Poglavlje 8

## Drugo kraljevstvo neba

1. Svakome je data lepa lična kuća
2. Koja vrsta ljudi ide u Drugo Kraljevstvo?

*Starešine koje su među vama
molim koji sam i sam starešina i svedok
Hristovog
stradanja,
i imam deo u slavi
koja će se javiti,
Pasite stado Božije koje vam je predato,
i nadgledajte ga ne silom,
nego dragovoljno,
i po Bogu,
niti za nepravedne dobitke, nego iz dobrog
srca;
niti kao da vladate narodom,
nego bivajte ugledi stadu.
I kad se javi poglavar pastirski,
primićete venac slave koji neće uvenuti.*

- 1 Petrova Poslanica 5:1-4 -

Sa jedne strane, bez obzira koliko god da čujete o nebu, to će biti beskorisno ako ne shvatite to u vašem srcu, zato što ne možete verovati u to. Baš kao što ptica odnosi seme posejano duž puta, neprijatelj Satana i đavo odnose od vas reč o nebu (Jevanđelje po Mateju 13:19).

Sa druge strane, ako slušate reč o nebu i shvatate je, vi možete da živite život vere i nade i imate letinu, rodnu trideset, šezdeset, ili sto puta više nego što je posejano. Pošto možete da činite po Božjoj reči, vi ne možete samo potpuno da ispunite vašu dužnost već i da budete posvećeni i verni u celoj Božjoj kući. Onda, kakvo je mesto Drugo nebesko kraljevstvo i kakvi ljudi tamo idu?

## 1. Svakome je data lepa lična kuća

Već sam objasnio da oni koji idu u Raj Prvog kraljevstva su sramno spašeni zato što njihova dela ne mogu da ostanu kada su stavljeni na vatrena iskušenja. Međutim, oni koji idu u Drugo kraljevstvo poseduju vrstu vere koja prevazilazi vatrena iskušenja, i dobijaju nagrade koje ne mogu da se uporede sa onima koje su date u Raju ili Prvom kraljevstvu, shodno sa Božjom pravednošću koja nagrađuje ono što je posejano.

Zato, ako je sreća onoga koji ide u Prvo Kraljevstvo upoređena sa srećom zlatne ribice u akvarijumu, sreća onoga koji je otišao u Drugo Kraljevstvo može se uporediti sa srećom kita u prostranom Tihom okeanu.

Sada, hajde da pogledamo u karakteristike Drugog kraljevstva, fokusirajući se na kuće i život.

## Svakome je data jednospratna lična kuća

Kuće Prvog kraljevstva su kao stanovi, ali iz Drugog kraljevstva su totalno nezavisne jednospratne privatne zgrade. Kuće u Drugom kraljevstvu ne mogu da se porede ni sa kakvim lepim kućama ili kolibama ili letnjikovcima na ovom svetu. One su velike, lepe i moderno su ukrašene cvećem i drvećem.

Ako odete u Drugo kraljevstvo, vama je data ne samo kuća nego i vaš najomiljeniji objekt. Ako želite bazen za plivanje, biće vam dat zlatom i raznim draguljima lepo ukrašen bazen. Ako želite lepo jezero, biće vam dato jezero. Ako želite balsku dvoranu, biće vam data i balska dvorana. Ako želite da šetate, biće vam dat lepi put pun divnog cveća i biljaka oko kojih se mnogo životinja igra.

Međutim, čak iako želite da imate sve od bazena za kupanje, jezera, balske dvorane, puta, i tako nadalje, vi možete da imate samo jednu stvar koju najviše želite. Zbog toga što ljudi poseduju različite stvari u Drugom kraljevstvu, oni se međusobno posećuju u kućama i zajedno uživaju u stvarima koje imaju.

Ako neko ko ima balsku dvoranu ali nema bazen za plivanje poželi da pliva, on može da ode kod svog komšije koji ima bazen za plivanje i zabavlja se. Na nebu, ljudi služe jedni drugima, i nikada se ne uznemiravaju i ne odbijaju svoje posetioce. Umesto toga, osećaće se prijatnije i srećnije. Tako da ako želite u nečemu da uživate, možete da posetite svoje komšije i uživate u onome što oni imaju.

Isto tako, Drugo kraljevstvo je mnogo bolje nego Prvo kraljevstvo u svim aspektima. Međutim, ono naravno ne može biti upoređeno sa Novim Jerusalimom. Oni nemaju anđele koji služe svako dete Božje. Veličina, lepota i raskoš kuća su mnogo drugačije, i materijal, boje, i svetlost dragog kamenja koji ukrašavaju ove kuće su takođe vrlo različiti.

### Pločica na vratima sa lepim i veličanstvenim sjajem

Kuća u Drugom kraljevstvu je jednospratna zgrada sa pločicom na vratima. Pločica na vratima označava vlasnika kuće, i u nekim posebnim slučajevima napisano je ime crkve u kojoj je vlasnik služio. Ono je nebeskim slovima koja izgledaju kao arapska ili hebrejska zapisano zajedno sa imenom vlasnika na pločici na vratima iz koje prelepo i veličanstveno svetlo sija. Tako će ljudi u Drugom kraljevstvu reći i zavideti: „Oh! Ovo je dom tog i tog koji je služio u crkvi toj i toj!"

Zašto će ime crkve izričito biti napisano? Bog to čini kako bi ime bilo ponos i slava članovima koji su služili crkvu koja će izgraditi Veliki Hram da primi Gospoda pri Njegovom Drugom Dolasku u vazduh.

Ipak, kuće u Trećem kraljevstvu i Novom Jerusalimu nemaju pločice na vratima. Nema mnogo ljudi u oba ova kraljevstva, i kroz jedinstveno svetlo i aromu koje izlaze iz kuća, vi možete da prepoznate kome ove kuće pripadaju.

### Osećati se žalosno što niste potpuno posvećeni

Neki će se možda pitati: „Zar neće biti nezgodno na nebu

pošto ne postoje privatne kuće u Raju, a u Drugom kraljevstvu ljudi mogu da poseduju samo jednu stvar?" Na nebu, međutim, nema ničega nedovoljnog ili nezgodnog. Ljudi se nikada ne osećaju neugodno zato što žive zajedno. Oni nisu škrti u deljenju svoje imovine sa drugima. Oni su samo zahvalni što mogu da podele svoju imovinu sa drugima i to smatraju izvorom velike sreće.

Takođe, oni niti su žalosni što poseduju samo jednu lični stvar niti zavide zbog stvari koje drugi imaju. Umesto toga, oni su uvek duboko dirnuti i zahvalni Bogu Ocu što im je dao mnogo više nego što zaslužuju, i uvek su zadovoljni u nepromenljivoj radosti i zadovoljstvu.

Jedina stvar zbog koje se osećaju žalosno je činjenica da se nisu dovoljno trudili i nisu bili potpuno posvećeni kada su živeli na ovoj zemlji. Žao im je i stide se da stanu pred Bogom zato što nisu odbacili svo zlo iz sebe. Čak i kada vide one koji su otišli u Treće kraljevstvo ili Novi Jerusalim, oni im ne zavide na njihovim velikim kućama i veličanstvenim nagradama, već su žalosni što sebe nisu učinili potpuno posvećenim.

Pošto je Bog pravedan, On čini da žanjete to što ste posejali, i nagrađuje vas shodno sa onim što ste učinili. Zato, On daje mesto i nagrade na nebu pošto se posvetite i verni ste na ovoj zemlji. U zavisnosti od granice do koje živite po Božjoj reči, On će vas nagraditi dostojno i lepo.

Ako ste u potpunosti živeli po Božjoj reči, On će vam dati šta god poželite na nebu 100%. Međutim, ako u potpunosti ne živite po Božjoj reči, On će vas nagraditi u skladu samo sa onim šta ste učinili, ali ipak obilno.

Zato, bez obzira na koji nivo neba uđete, vi ćete uvek biti

zahvalni Bogu što vam daje mnogo više od onoga što ste učinili na ovoj zemlji, i živeti večno u radosti i sreći.

**Kruna slave**

Bog, koji obilno nagrađuje, daje krunu koja neće propasti onima u Prvom kraljevstvu. Kakva kruna je data onima u Drugom kraljevstvu? Čak iako nisu u potpunosti posvećeni, oni slave Boga ispunjavajući svoje dužnosti. Tako da će oni primiti krunu slave. Ako čitate u 1 Petrovoj Poslanici 5:1-4, vidite da je kruna slave nagrada koja se daje onima koji daju primer time što žive po Božjoj reči.

> *Starešine koje su među vama molim koji sam i sam starešina i svedok Hristovog stradanja, i imam deo u slavi koja će se javiti, pasite stado Božije, koje vam je predato, i nadgledajte ga, ne silom, nego dragovoljno, i po Bogu; niti za nepravedne dobitke, nego iz dobrog srca; niti kao da vladate narodom, nego bivajte ugledi stadu. I kad se javi poglavar pastirski, primićete venac slave koji neće uvenuti.*

Razlog iz kojeg je rečeno: „venac slave koji neće uvenuti" je zato što je svaka kruna na nebu večna i nikada ne uvene. Bićete u stanju da shvatite da je nebo tako savršeno mesto gde je sve večno, pa čak ni jedna kruna ne vene.

## 2. Koja vrsta ljudi ide u Drugo Kraljevstvo?

U okolini Seula, glavnog grada Republike Koreje, nalaze se satelitski gradovi, a oko tih gradova su manji gradovi. Na isti način, na nebu, oko Trećeg nebeskog kraljevstva u kojem je Novi Jerusalim, nalaze se Drugo kraljevstvo, Prvo kraljevstvo i Raj. Prvo Kraljevstvo je mesto za one koji su u drugom nivou vere i pokušavaju da žive po Božjoj reči. Kakve osobe idu u Drugo Kraljevstvo? Ljudi u trećem nivou vere koji mogu da žive po reči Božjoj završavaju u Drugom kraljevstvu. Sada hajde do detalja da razmotrimo koja vrsta ljudi ide u Drugo kraljevstvo.

**Drugo kraljevstvo:
mesto za nepotpuno posvećene ljude**

Vi možete da idete u Drugo kraljevstvo ako živite po reči Božjoj i izvršavate svoje dužnosti, ali vaše srce nije još u potpunosti posvećeno.

Ako ste zgodni, inteligentni i mudri, vi ćete svakako želeti da vaša deca liče na vas. Na isti način, Bog, koji je sveti i savršen, želi da Njegova istinska deca liče na Njega. On želi decu koja Ga vole i pridržavaju se zapovesti – koja slušaju zapovesti zato što vole Njega, a ne iz osećaja dužnosti. Baš kao što ćete i vi raditi čak i neku vrlo tešku stvar ako iskreno volite nekoga, ako iskreno volite Boga u svom srcu, vi možete da se pridržavate svake od Njegovih zapovesti sa radošću u svom srcu.

Vi ćete se povinovati bezuslovno sa radošću i zahvalnošću se pridržavajući onoga čega vam On kaže da se pridržavate, odbacujući ono što vam On kaže da odbacite, nećete raditi što vam On zabranjuje, i radićete šta vam On kaže da radite. Ipak, oni koji su u Trećem nivou vere ne mogu da čine po Božjoj reči sa potpunom radošću i zahvalnošću u njihovim srcima zato što što nisu još došli do ovog nivoa ljubavi.

U Bibliji, ima dela mesa (Poslanica Galaćanima 5:19-21), i želja mesa (Poslanica Rimljanima 8:5). Kada ispoljite zlo koje je u vašem srcu, to je nazvano dela mesa. Prirode greha koji imate u vašem srcu a koji još nije ispoljen se zove želje mesa.

Oni u trećem nivou vere su već odbacili sva dela mesa koja su spolja vidljiva, ali još uvek imaju želje mesa u njihovim srcima. Oni se pridržavaju onog što im Bog kaže da se pridržavaju, odbacuju ono što im Bog kaže da odbace, ne rade ono što im Bog brani, i rade ono što im Bog kaže da rade. Ipak, zla u njihovim srcima nisu potpuno uklonjena.

Na isti način, ako izvršavate vašu dužnost sa nepotpuno posvećenim srcem, vi možete da odete u Drugo kraljevstvo. „Posvećenje" se odnosi na stanje u kome ste odbacili sve vrste zla i imate samo dobrotu u vašem srcu.

Na primer, recimo da postoji osoba koju mrzite. Sada, vi ste poslušali reč Božju koja kaže: „Ne mrzi," i pokušati da ga ne mrzite. Kao ishod, vi sada njega ne mrzite. Međutim, ako ga iskreno ne volite u vašem srcu, vi još uvek niste posvećeni.

Zato, da bi narasli do četvrte mere vere od trećeg, presudno je učiniti napor da odbacite grehe sve do tačke prolivanja krvi.

### Ljudi koji su ispunili dužnost Božjom milošću

Drugo kraljevstvo je mesto za one koji nisu ostvarili potpuno posvećenje svojih srca već su ispunili svoje dužnosti date od Boga. Hajde da razmotrimo kakvi su to ljudi koji idu u Drugo kraljevstvo posmatrajući slučaj jedne članice koja je preminula dok je služila u Manmin Jong-ang Centralnoj crkvi.

Ona je došla sa suprugom u Manmin centralnu Crkvu u godini kad je osnovana. Patila je od ozbiljne bolesti ali je bila izlečena nakon što je primila moju molitvu, i članovi njene porodice postali su vernici. Oni su sazreli u svojoj veri, i ona je postala starija đakonica, njen muž starešina, a njena deca su odrasla i služili su Gospodu kao sveštenik, sveštenikova žena i misionar za hvalospeve.

Međutim, ona nije uspela da odbaci sve vrste zla i sprovede dosledno svoju dužnost, ali se pokajala Božjom milošću, ispunila dobro svoju dužnost, i izdahnula je. Bog mi je dao do znanja da će ona ostati u Drugom nebeskom kraljevstvu i dozvolio mi je da duhom komuniciram sa njom.

Kada je otišla na nebo, stvar za kojom je najviše žalila je činjenica da nije odbacila sve njene grehe da bi bila u potpunosti posvećena, i činjenica da nije u stvari učinila ni jedno priznanje zahvalnosti iz srca njenom pastiru koji se molio za nju da se izleči i vodio je sa ljubavlju.

Takođe je mislila da je, uzimajući u obzir ono što je postigla svojom verom, kako je služila Gospodu, i reči koje je izgovarala svojim ustima, mogla da ode samo u Prvo kraljevstvo. Međutim, kada nije imala mnogo preostalog vremena na ovoj zemlji, kroz nežnu molitvu njenog pastira i njena Bogougodna dela, njena vera je brzo narasla i mogla je da uđe u Drugo kraljevstvo.

Njena vera je u stvari neverovatno brzo narasla pre nego što je preminula. Ona se usredsredila na molitve i razdelila hiljade crkvenih letaka po njenom komšiluku. Nije marila za sebe, već je samo odano služila Gospodu.

Rekla mi je o kući u kojoj će da živi na nebu. Ona je rekla da, iako je to jednospratna građevina, dekorisana je tako divno lepim cvetovima i drvećem, i toliko je velika i veličanstvena da se ne može uporediti ni sa jednom kućom na ovom svetu. Naravno, upoređena sa kućama u Trećem kraljevstvu ili Novom Jerusalimu, ova je kao kuća sa krovom od slame, ali ona je bila toliko zahvalna i zadovoljna zato što to uopšte nije zaslužila. Želela je da saopšti sledeću poruku svojoj porodici kako bi oni otišli u Novi Jerusalim.

„Nebo je tako precizno podeljeno. Slava i svetlost su tako različiti na svakom mestu, tako da ih potstičem i ohrabrujem ponovo i ponovo da uđu u Novi Jerusalim. Želela bih da kažem članovima moje porodice koji su još uvek na zemlji da je, kada sretnemo Boga Oca na nebu, jako sramotno što nismo odbacili sve grehove. Nagrade koje Bog daje onima koji idu u Novi Jerusalim i raskoš kuća su zavidni, ali ja želim da im kažem koliko je pred Bogom žalosno i sramotno što nismo odbacili sve vrste greha i zla. Želela bih da saopštim ovu poruku članovima moje porodice kako bi oni odbacili sve vrste zla i ušli na uzvišena mesta Novog Jerusalima."

Zato, potstičem vas da shvatite koliko dragoceno je i vredno da posvetite vaše srce i da predate vaš svakodnevni život kraljevstvu i pravednosti Božjoj sa nadom za nebo, kako bi mogli da svim silama napredujete ka Novom Jerusalimu.

**Ljudi verni u svemu ali neposlušni zbog njihovog ličnog lošeg ustrojstva pravednosti**

Hajde sada da pogledamo slučaj druge članice koja je volela Gospoda i vršila svoju dužnost verno, ali nije mogla da ode u Treće kraljevstvo zbog nekih nedostataka u njenoj veri. Ona je došla u Manmin centralnu Crkvu zbog muževljeve bolesti, i postala je veoma aktivan član. Njenog muža su doneli u crkvu na nosilima, ali njegov bol je nestao i on je mogao da ustane i hoda. Zamislite koliko zahvalna i radosna je ona morala biti! Ona je uvek bila zahvalna Bogu koji je izlečio bolest njenog muža i njenom parohijanu koji se molio sa ljubavlju. Ona je uvek bila verna. Molila se za kraljevstvo Božje, i molila se sa zahvalnošću svom pastiru u svakom momentu dok je hodala, sedela ili stajala, pa čak i kad je kuvala.

Takođe, zato što je volela braću i sestre u Hristu, ona je tešila druge radije nego da bude tešena, ohrabrivala i vodila brigu o drugim vernicima. Ona je samo želela da živi po reči Božjoj i pokušala je da odbaci sve njene grehe sve do tačke prolivanja krvi. Ona nikada nije zavidela ili žudila za svetovnom materijalnom svojinom već se samo kencentrisala na propovedanje jevanđelja svojim komšijama.

Zato što je bila tako verna Božjem kraljevstvu, moje srce je na samu pojavu njene odanosti bilo inspirisano Svetim Duhom i pitao sam je da preuzme dužnost crkvenog služenja. Verovao sam da, ako je ona verno ispunjavala svoju dužnost, onda će svi članovi njene porodice uključujući i njenog muža dostići da imaju duhovnu veru.

Međutim, ona nije mogla da se povinuje zato što je pogledala u svoje okolnosti i bila je sasvim obuzeta svojim telesnim mislima. Malo kasnije ona je preminula. Moje srce je bilo slomljeno, i dok sam se molio Bogu, mogao sam da čujem njenu ispovest kroz duhovnu komunikaciju.

„Čak iako se pokajem i pokajem se zbog nepovinovanja pastiru, sat ne može da bude vraćen. Tako da se ja samo molim za kraljevstvo Božje i za pastira sve više i više. Jednu stvar koju moram da kažem mojoj braći i sestrama je da šta pastir propoveda je volja Božja. Najveći je greh nepovinovati se Božjoj volji, i zajedno sa tim, ljutnja je najveći greh. Zbog ovoga, ljudi se suočavaju sa nevoljama, i meni je bilo naređeno da se ne ljutim, već da ostanem skromna u srcu boreći se da se povinujem celim svojim srcem. Postala sam osoba koja je duvala u trubu Gospodnju. Dan kada ću dobiti draga braćo i sestre dolazi uskoro. Ja se samo iskreno nadam da su moja draga braća i sestre bistrih umova i ne oskudevaju ni u čemu tako da će se i oni radovati ovom danu."

Ona je ispovedila mnogo više od ovoga, i rekla mi je da razlog zbog kojega nije mogla da ode u Treće kraljevstvo je njena neposlušnost.

„Imala sam nekoliko stvari u kojima se nisam

pokorila sve dok nisam došla u ovo kraljevstvo. Ponekad sam rekla: „Ne, ne, ne," dok sam slušala poruku. Nisam dostojno izvršila svoju dužnost. Zato što sam mislila da ću izvršiti svoju dužnost kad se moje okolnosti poboljšaju, iskoristila sam svoje telesne misli. To je bila toliko velika greška u Božjim očima."

Takođe je rekla da je zavidela sveštenicima i onima koji su vodili brigu o crkvenim finansijama kad god ih je videla, misleći da će njihove nagrade na nebu biti mnogo velike. Ipak, ona je priznala da kada je otišla na nebo, to nije bio tako čest slučaj.

„Ne! Ne! Ne! Samo oni koji čine po Božjoj volji će dobiti velike nagrade i blagoslove. Ako vođe naprave grešku, to je mnogo veći greh nego kad običan član napravi grešku. Oni moraju mnogo više da se mole. Vođe moraju da budu mnogo verniji. Oni moraju bolje da uče druge. Oni moraju da imaju sposobnost da razlikuju. Zato je napisano u jednom od četiri Jevanđelja da slep čovek vodi slepog čoveka. Značenje reči: „Ne dozvolite da mnogi od vas budu učitelji," čovek će biti blagosloven ako daje sve od sebe na svom položaju. Sada, dan kada ćemo sresti jedni druge kao Božja deca u večnom kraljevstvu dolazi uskoro. Zato, svi treba da odbace sva telesna dela, postanu pravedni, i imaju dosledne kvalifikacije kao Gospodova nevesta bez ikakvog srama kada stanu pred Boga."

Zato vi treba da shvatite koliko važno je povinovati se ne iz osećanja dužnosti već zbog radosti u dubini vašeg srca i ljubavi za Boga, i da posvetite vaše srce. Šta više, vi ne treba samo da idete u crkvu, već da se preispitate u koje nebesko kraljevstvo možete da uđete ako bi Otac pozvao vašu dušu sada.

Vi treba da pokušate da budete verni u svim vašim dužnostima i živite po reči Božjoj, kako bi bili potpuno posvećeni i imali sve potrebne kvalifikacije spremne da uđete u Novi Jerusalim.

1 Poslanica Korinćanima 15:41 govori vam da slava svakog pojedinca koju dobija na nebu je različita. Ona kaže da: *„Druga je slava suncu, a druga slava mesecu, i druga slava zvezdama; jer se zvezda od zvezde razlikuje u slavi."*

Svi oni koji su spašeni će uživati u večnom životu na nebu. Ipak, neki će ostati u Raju dok će neki drugi biti u Novom Jerusalimu, sve u skladu sa merom njihove vere. Razlika u slavi je toliko velika da je neiskaziva.

Zato, ja se molim u ime Gospoda da vi ne ostanete u veri samo da bi bili spašeni, već kao seljak koji je prodao svu svoju imovinu da kupi polje i iskopa blago, da živite u potpunosti po reči Božjoj i odbacite sve vrste zla da bi mogli da uđete u Novi Jerusalim i ostanete u slavi koja tamo sija kao sunce.

## Poglavlje 9

# Treće kraljevstvo neba

1. Anđeli služe svakom detetu Božjem

2. Kakvi ljudi idu u Treće Kraljevstvo?

*Blago čoveku koji pretrpi napast;
jer kad bude kušan
primiće venac života,
koji Bog obeća
onima koji Ga ljube.*

- Jakovljeva Poslanica 1:12 -

Bog je Duh, i On je dobrota, svetlo, i sama ljubav. Zbog toga On želi da Njegova deca odbace sve grehe i sve vrste zla. Isus, koji došao na ovu zemlju u ljudskom telu, nema mana jer On je Sam Bog. Dakle, kakva osoba vi treba da budete da bi postali mlada koja će primiti Gospoda?

Da postanete Božje iskreno dete i mlada Gospodnja koja će večno deliti iskrenu ljubav sa Bogom, vi morate da ličite na sveto srce Božje i posvetite sebe odbacujući sve vrste zla.

Treće nebesko kraljevstvo, koje je mesto za ovakvu Božju decu koja su sveta i liče na Božje srce, je mnogo drugačije od Drugog kraljevstva. Zato što Bog mrzi zlo i voli mnogo dobrotu, On tretira Njegovu decu koja su posvećena na poseban način. Onda, kakvo mesto je Treće kraljevstvo i koliko mnogo morate da volite Boga da bi otišli tamo?

## 1. Anđeli služe svakom detetu Božjem

Kuće u Trećem kraljevstvu su neuporedivo veličanstvenije i brilijantnije od jednospratnih kuća u Drugom kraljevstvu. One su dekorisane sa mnogo više dragog kamenja i imaju sve uređaje koje vlasnici požele.

Šta više, od trećeg kraljevstva pa nadalje, anđeli poslužitelji će biti svakom dati, i oni će voleti i obožavati gospodara i služiti njemu ili njoj samo najbolje stvari.

## Anđeli služe privatno

Rečeno je u Poslanici Jevrejima 1:14: *„Nisu li svi službeni duhovi koji su poslani na službu onima koji će naslediti spasenje?"* Anđeli su čisto duhovna bića. Oni liče na ljudska bića po obliku kao jedno od Božjih kreacija, ali oni nemaju meso i kosti, i nemaju ništa sa brakom ili smrću. Oni nemaju svoje ličnosti kao ljudska bića, ali je njihovo znanje i moć mnogo veća nego kod ljudskih bića (2 Petrova Poslanica 2:11).

Kao što Poslanica Jevrejima 12:22 govori o hiljadama nad hiljadama anđela, ima beskonačan broj anđela na nebu. Bog je napravio red i poredak među anđelima, dodelio im je različite zadatke, i dao im je različitu vlast u skladu sa zadacima.

Tako da ima različitosti među anđelima kao što je anđeo, nebeski vojnik i arhanđel. Na primer, Gabrijel, koji služi kao državni službenik, dolazi kod vas sa odgovorima na vaše molitve ili Božjim planovima i otkrivenjima (Knjiga Davidova 9:21-23; Jevanđelje po Luki 1:19, 1:26-27). Arhangel Mihailo, koji je kao vojni oficir, je ministar nebeske vojske. On kontroliše borbe protiv zlih duhova, i ponekad on sam probija linije borbe tame (Knjiga Davidova 10:13-14, 10:21; Judina Poslanica 1:9; Otkrivenje Jovanovo 12:7-8).

Među ovim anđelima, ima anđela koji privatno služe svojim gospodarima. U Raju, Prvom kraljevstvu i Drugom kraljevstvu, ima anđela koji ponekad pomažu Božjoj deci, ali nema ni jednog anđela koji privatno služi gospodaru. Ima samo anđela koji vode brigu o travi, ili cvetnim putevima, ili društvenim sredstvima kako bi bili sigurni da nema neugodnosti, i ima anđela koji prenose Božje poruke.

Ali, za one koji su u Trećem kraljevstvu ili Novom Jerusalimu, lični anđeli su nagrada zato što su oni veoma voleli Boga i udovoljavali mu. Takođe, broj datih anđela će se razlikovati prema granici do koje neko liči na Boga i udovoljavao Mu povinovanjem.

Ako neko ima veliku kuću u Novom Jerusalimu, nebrojani anđeli će mu biti dati zato što to znači da vlasnik liči na srce Boga i da je mnogo ljudi odveo u spasenje. Biće anđela koji brinu o kući, nekih anđela koji će brinuti o postrojenjima i stvarima koje su date kao nagrade, i drugih anđela koji će privatno služiti gospodara. Jednostavno će biti toliko mnogo anđela.

Ako odete u Treće kraljevstvo, vi ne samo da ćete imati anđele koji će vas privatno služiti, već i anđele koji će brinuti o vašoj kući, i one koji će dočekivati i pomagati posetiocima. Vi ćete biti tako zahvalni Bogu ako bi mogli da uđete u Treće kraljevstvo zato što vam je Bog dozvolio da vladate zauvek dok vas služe anđeli koje vam On daje kao večne nagrade.

### Veličanstvena višespratna lična kuća

U kućama u Trećem kraljevstvu koje su dekorisane lepim cvećem i drvećem predivnog mirisa nalaze se bašte i jezera. U jezerima ima mnogo riba, i ljudi mogu da razgovaraju sa njima i podele ljubav sa njima. Takođe, anđeli sviraju lepu muziku ili ljudi slavopojem slave Boga Oca zajedno sa njima.

Za razliku od stanovnika Drugog kraljevstva kojima je dozvoljeno da imaju samo jedan omiljeni predmet ili objekat, ljudi u Trećem kraljevstvu mogu da poseduju sve što požele kao što je teren za golf, bazen za plivanje, jezero, prostor za šetnju, balsku dvoranu i tako dalje. Zato oni ne moraju da idu u kuće svojih komšija da uživaju u stvarima koje nemaju i mogu da se zabavljaju uvek kad požele.

Kuće u Trećem kraljevstvu su višespratne zgrade i predivne su, sjajne i velike. One su ukrašene tako lepo da nikakav milioner na ovom svetu ne bi mogao da ih imitira.

Uzgred rečeno, ni jedna kuća u Trećem kraljevstvu nema pločicu sa imenom. Ljudi jednostavno znaju čija je kuća čak i bez pločice sa imenom, zato što jedinstveni miris koji ispoljava čisto i prelepo srce gospodara izlazi iz kuće.

Kuće u Trećem kraljevstvu imaju drugačiji miris i drugačiji sjaj svetlosti. Što više gospodar liči na srce Boga, tim su lepši i sjajniji miris i svetlost.

Takođe, u Trećem kraljevstvu, kućni ljubimci i ptice su date, i oni su mnogo lepši, sjajniji, i umiljatiji nego oni u Prvom ili Drugom kraljevstvu. Šta više, oblak automobili su dati na javnu upotrebu, i ljudi mogu da putuju svuda po bezgraničnom nebu koliko god žele.

Kao što je objašnjeno, u Trećem kraljevstvu ljudi mogu da imaju i da urade šta god požele. Život u Trećem kraljevstvu će biti izvan zamisli.

**Kruna života**

U Otkrivenju Jovanovom 2:10, ima obećanje o „kruni života" koja će biti data onima koji su bili verni čak i do tačke smrti za kraljevstvo Božje.

*Ne boj se ni oda šta što ćeš postradati. Gle, đavo će*

*neke od vas metati u tamnicu, da se iskušate, i imaćete nevolju do deset dana. Budi veran do same smrti, i daću ti venac života.*

Fraza: „budi veran do same smrti" ovde se odnosi ne samo na biti veran sa verom kojom se postaje mučenik, nego i ne miriti se sa svetovnim i postati potpuno svet odagnanjem svih grehova sve do tačke prolivanja krvi. Sve one koji uđu u Treće kraljevstvo Bog nagrađuje krunama života zato što su bili verni čak i do tačke smrti i prevazišli su sve vrste iskušenja i nevolja (Jakovljeva Poslanica 1:12).

Kada ljudi u Trećem kraljevstvu posete Novi Jerusalim, oni stavljaju okrugli znak na desnoj ivici krune života. Kada ljudi u Raju, Prvom kraljevstvu ili Drugom kraljevstvu posete Novi Jerusalim, oni stavljaju znak na levoj strani grudi. Na ovaj način možete da vidite da je slava drugačija za ljude u Trećem kraljevstvu.

Međutim, ljudi u Novom Jerusalimu su pod posebnom brigom Boga, tako da ne moraju da obeležavaju sebe da bi se razlikovali. Njih tretiraju na veoma poseban način kao Božju iskrenu decu.

### Kuće u Novom Jerusalimu

Kuće u Trećem kraljevstvu su potpuno drugačije od kuća u Novom Jerusalimu po veličini, lepoti i slavi.

Kao prvo, ako kažete da je veličina najmanje kuće u Novom Jerusalimu 100, kuća u Trećem kraljevstvu je 60. Na primer, ako je najmanja kuća u Novom Jerusalimu 100.000 kvadratnih stopa, kuća u Trećem kraljevstvu bi bila 60.000. kvadratnih stopa.

Ipak, veličina pojedinačnih kuća varira zato što to potpuno zavisi o toga koliko je gospodar činio da spasi što više duša i da izgradi Božju crkvu. Kao što je Isus rekao u Jevanđelju po Mateju 5:5: *„Blago krotkima, jer će naslediti zemlju,"* veličina kuće u kojoj će neko da boravi biće utvrđena u zavisnosti od broja duša koje vlasnik kuće vodi na nebo blagog srca.

Tako da ima mnogo kuća sa preko više desetina hiljada kvadratnih stopa u Trećem kraljevstvu i u Novom Jerusalimu, ali čak i najveća kuća u Trećem kraljevstvu je mnogo manja od onih u Novom Jerusalimu. Uz to su veličina, oblik, lepota, i drago kamenje za dekoraciju takođe daleko drugačiji.

U Novom Jerusalimu ne postoji samo dvanaest dragih kamenova za temelj, već takođe mnogo drugog lepog dragog kamenja. Ima neverovatno velikog dragog kamenja sa tako lepim bojama. Ima toliko mnogo vrsta dragog kamenja da ne možete sve da imenujete, a neki od njih duplo sjaje čak i troduplo prekriveni svetlošću.

Naravno, ima mnogo dragog kamenja u Trećem kraljevstvu. Međutim, uprkos njegovoj različitosti, drago kamenje trećeg kraljevstva ne može da se uporedi sa onim u Novom Jerusalimu. U Trećem kraljevstvu nema dragog kamenja koje sija duplo ili troduplo svetlije. Drago kamenje u Trećem kraljevstvu ima mnogo lepšu svetlost u poređenju sa onima u Prvom ili Drugom kraljevstvu, ali tu su samo jednostavni i osnovni dragulji, a čak je i ista vrsta dragog kamena manje lepa od onog u Novom Jerusalimu.

Zbog toga ljudi u Trećem kraljevstvu, koji ostaju van Novog Jerusalima koji je pun Božje slave, gledaju ga i žude da budu tamo za navek.

„Samo da sam se potrudio malo više i
bio verniji u celoj Božjoj kući..."
„Samo da Otac jednom pozove moje ime..."
„Samo da me pozovu još jednom..."

Postoji nezamisliva količina radosti i lepote u Trećem kraljevstvu, ali ne može biti upoređena sa onom u Novom Jerusalimu.

## 2. Kakvi ljudi idu u Treće Kraljevstvo?

Kada otvorite vaše srce i prihvatite Isusa Hrista kao vašeg ličnog Spasitelja, Sveti Duh dolazi i uči vas o grehu, pravednosti i osudi, i pomaže vam da razumete istinu. Kada se pokorite reči Božjoj, odbacite sve vrste zla i postanete posvećeni, vi ste u stanju gde vaše duše dobro napreduju – na četvrtom nivou vere.

Oni koji dostignu četvrti nivo vere vole Boga toliko mnogo i Bog voli njih, i ulaze u Treće kraljevstvo. Onda, koja određena vrsta osobe ima veru sa kojom može da uđe u Treće kraljevstvo?

**Biti posvećen odbacivanjem svih vrsta zla**

U vreme Starog Zaveta, ljudi nisu primili Svetog Duha. Otuda oni nisu mogli da svojom sopstvenom snagom odbace grehove koji su bili duboko u srcima. Zbog toga su izvodili fizičko čišćenje, i ukoliko se zlo ne pojavi na delu, oni to nisu smatrali grehom. Čak iako je neko razmišljao da ubije nekoga, to nije smatrano grehom sve dok misli nisu postale delovanje. Samo kad je misao bila sprovedena, smatrana je grehom.

Međutim,u vreme Novog Zaveta, ako prihvatite Isusa Hrista, Sveti Duh dolazi u vaše srce. Ukoliko vaše srce nije posvećeno, vi ne možete da uđete u Treće kraljevstvo. To je zato što možete da očistite vaše srce uz pomoć Svetog Duha.

Zato, vi možete da uđete u Treće kraljevstvo samo kada odbacite sve vrste zla kao što su mržnja, preljuba, pohlepa i slično, i onda postanete posvećeni. Onda, kakva osoba ima posvećeno srce? To je onaj koji ima onu vrstu duhovne ljubavi opisane u 1 Poslanici Korinćanima 13, devet plodova Svetog Duha u Poslanici Galaćanima 5, i Blaženosti u Jevanđelju po Mateju 5 i koji liči na svetost Gospodnju.

Naravno, to ne znači da je on na istom nivou sa Gospodom. Bez obzira koliko ljudsko biće odbacuje svoje grehove i postaje posvećeno, njegov nivo se toliko mnogo razlikuje od Božjeg, koji je poreklo svetlosti.

Zbog toga, kako bi posvetili svoje srce, vi prvo morate da dobro pripremite tlo u vašem srcu. Drugim rečima, vi morate da dobro pripremite tlo u vašem srcu tako što nećete raditi ono što vam Biblija kaže da ne radite i odbacićete ono što vam Biblija govori da odbacite. Samo tada, vi ćete moći da ponesete dobre plodove, onako kako je seme posejano. Baš kao što i seljak seje seme nakon što je očistio zemlju, seme u vama klija, cveta, i ponese plod nakon što učinite ono što vam Bog kaže da uradite i održavate ono što vam On kaže da održavate.

Zato, posvećenje se odnosi na stanje kad je neko delima

Svetog Duha očišćen od prvobitnog greha i grehova koje je sam počinio nakon što je ponovo rođen vodom i Svetim Duhom, verujući u iskupljujuću moć Isusa Hrista. Dobiti oprost grehova verovanjem u krv Isusa Hrista je drugačije od odbacivanja grešne prirode u vama uz pomoć Svetog Duha, uz post se moleći vatreno i neprestano.

To što prihvatate Isusa Hrista i postajete Božje dete ne znači da su potpuno uklonjeni svi vaši grehovi iz vašeg srca. Vi i dalje u sebi imate zlo kao što je mržnja, ponos i slično, i zbog toga je presudan proces nalaženja zla slušanjem reči Božje i borba protiv njega sve do tačke prolivanja krvi (Poslanica Jevrejima 12:4).

Ovo je način na koji vi odbacujete dela tela i napredujete ka posvećenosti. Stanje u kojem ste vi izbacili ne samo dela tela već i želje tela u vašem srcu je četvrti nivo vere, stanje posvećenosti.

### Osvećenje samo posle isterivanja grehova iz prirode (naravi)

Šta su, onda, grehovi u nečijoj prirodi? To su svi oni grehovi koji su prenešeni kroz seme života nečijih roditelja još od Adamove neposlušnosti. Na primer, vi možete naći da beba, koja još nije ni godinu dana stara, ima zao um. Iako ga njegova majka nikad nije učila nekom zlu kao što je mržnja ili ljubomora, on će da se naljuti i učini zlo delo ako njegova majka da dojku komšinicinoj bebi. I on će možda pokušati da odgurne drugu bebu, i početi da plače ispunjen ljutnjom, ako se ta beba ne udalji od njegove majke.

Isto tako, razlog zbog koga čak i beba pokazuje dela zla, iako to nije ranije naučio, je taj što postoji greh u njegovoj prirodi.

Takođe, samo-počinjeni grehovi su grehovi ispoljeni u fizičkim aktivnostima koje prate grešne želje srca.

Naravno, ako ste vi osvećeni od praroditeljskog greha, očigledno je da će vaši samo-počinjeni grehovi biti odbačeni zato što je koren greha odstranjen. Zbog toga, ponovno duhovno rođenje je početak osvećenja, a osvećenje je perfekcija ponovnog rođenja. Zato, ako ste ponovo rođeni, nadam se da ćete živeti uspešan hrišćanski život kako bi postigli osvećenje.

Ako zaista želite da budete osvećeni i da povratite izgubljenu sliku Boga, i dajete sve od sebe, onda ćete biti sposobni da odbacite grehove iz svoje prirode uz milost i snagu Božju i uz pomoć Svetog Duha. Nadam se da ćete oslikati Božje sveto srce onako kako vas ON potstiče: „*Budite sveti, jer sam ja svet*" (1. Petrova Poslanica 1:16).

### Posvećeni ali ne potpuno verni u celoj Božjoj kući

Bog mi je dozvolio da imam duhovnu komunikaciju sa osobom koja je već preminula, i kvalifikovana je za ulazak u Treće kraljevstvo. Kapija njene kuće je dekorisana svodnim biserima, i to je zato što se ona toliko molila u tuzi sa suzama i sa istrajnošću kada je bila na ovoj zemlji. Ona je bila tako odan vernik koja se molila za kraljevstvo i pravednost Božju, i za njenu crkvu i sveštenike i članove sa mnogo upornosti i suza.

Pre nego što je srela Gospoda, ona je bila toliko siromašna i nesrećna da nije mogla da ima čak ni parče zlata kod sobe. Nakon što je prihvatila Gospoda, ona je mogla da trči ka osvećenju zato što je mogla da se povinuje istini nakon što ju je shvatila slušajući reč Božju.

Ona je takođe mogla da obavlja svoju dužnost dobro zato što je primila mnogo lekcija od sveštenika koga je Bog mnogo voleo, i služio ga dobro. Zbog ovoga, ona je mogla da završi na svetlijem i mnogo divnijem mestu u Trećem kraljevstvu. Šta više, veoma sjajan dragi kamen iz Novog Jerusalima biće postavljen na kapiji njene kuće. Ovo je dragi kamen koji joj je dao službenik koga je ona služila na ovoj zemlji. On će uzeti jedan od dragulja iz svog dnevnog boravka i staviće na kapiju njene kuće kada je poseti tamo. Ovaj dragi kamen biće znak da će ona nedostajati službeniku koga je služila na ovoj zemlji zato što nije mogla da uđe u Novi Jerusalim čak iako mu je bila od velike pomoći na ovoj zemlji. Mnogo ljudi u Trećem kraljevstvu će zavideti na ovom dragom kamenu.

Međutim, njoj je i dalje žao što nije mogla da uđe u Novi Jerusalim. Da je imala dovoljno vere da uđe u Novi Jerusalim, ona bi u budućnosti bila sa Gospodom, sa sveštenikom kome je služila na ovoj zemlji i sa drugim voljenim članovima njene crkve. Da je bila još malo vernija na ovoj zemlji, mogla je da uđe u Novi Jerusalim, ali zbog neposlušnosti ona je propustila priliku kada joj je bila data.

Ipak, ona je toliko zahvalna i duboko dirnuta zbog slave koja joj je data u Trećem kraljevstvu i ispovedila se kao što sledi. Ona je samo zahvalna što je dobila dragocene stvari kao nagradu, od kojih nijednu ne bi stekla sopstvenom zaslugom.

„Mada nisam mogla otići u Novi Jerusalim gde je prepuno Očeve slave, zato što nisam bila savršena u svemu, ja imam svoju kuću u ovom lepom Trećem kraljevstvu. Moja kuća je tako velika i tako lepa. Iako nije u zapravo velika u poređenju sa kućama u Novom Jerusalimu, dato mi je toliko mnogo fantastičnih i predivnih stvari koje svet ne može čak ni da zamisli. Ništa nisam učinila. Ništa nisam dala. Ništa nisam učinila da bi pomogla. I nista nisam učinila radosno za Gospoda. Ipak, slava koju imam ovde je tako velika da mogu samo da budem žalosna i zahvalna. Dajem zahvalnost Bogu i što mi je dozvolio da boravim u mnogo divnijem mestu u granicama Trećeg kraljevstva."

## Ljudi sa verom mučeništva

Isto kao što neko koji voli Boga toliko mnogo i postane posvećen u svom srcu može da uđe u Treće kraljevstvo, vi možete da uđete najmanje u Treće kraljevstvo ako imate veru mučeništva sa kojom možete sve da žrtvujete, čak i svoj život, za Boga.

Članovi ranih hrišćanskih crkvi koji su održali veru i kad su im glave bile odrubljene, ili su ih pojeli lavovi u Koliseumu u Rimu, ili su bili spaljeni, dobiće nagradu mučenika na nebu. Nije lako postati mučenik pod tolikim žestokim progonima i pretnjama.

Ima mnogo ljudi oko vas koji ne održavaju Gospodnji dan svetim ili koji zapostavljaju svoju Bogom datu dužnost zbog želje za novcem. Ovakvi ljudi, koji ne mogu da se povinuju tako maloj stvari, nikada ne mogu da održe svoju veru u nekoj životno opasnoj situaciji, još manje da postanu mučenici.

Kakvi ljudi imaju veru mučenika? To su oni koji imaju čestita i nepromenljiva srca kao Danijelovo iz Starog Zaveta. Oni koji imaju dvostruke umove i teže samo svom dobru, mire se sa svetom, međutim, imaju mnogo male izglede da postanu mučenici.

Oni koji mogu iskreno da postanu mučenici moraju da imaju nepromenjeno srce kao Danijelovo. On je održao pravednost vere znajući dobro da će pasti u lavlji kavez. On je održao svoju veru čak i u poslednjem trenutku kada su ga zli ljudi na prevaru bacili u lavlji kavez. Danijel se nikada nije okrenuo od istine zato što je njegovo srce bilo čisto i neokaljano.

Isto je i sa Stefanom iz Novog Zaveta. On je kamenovan do smrti dok je propovedao Jevanđelje Gospodovo. Stefan je takođe bio posvećen čovek koji je mogao da se moli čak i za one koji su ga kamenovali uprkos njegovoj nevinosti. Dakle, koliko mnogo će Gospod da ga voli? On će hodati sa Gospodom zauvek na nebu, i njegova lepota i slava će biti ogromne. Zato, vi treba da shvatite da je najvažnija stvar da ispunite pravednost i posvećenje srca.

Danas ima malo njih koji imaju pravu veru. Čak je i Isus pitao: *„Ali Sin čovečiji kad dođe hoće li naći veru na zemlji?"* (Jevanđelje po Luki 18:8) Koliko dragoceni ćete vi biti u Božjim očima ako postanete posvećeno dete održavajući veru i odbacujući sve vrste zla čak i na ovom svetu koji je pun grehova?

Zato, ja se molim u ime Gospoda da se vi vatreno molite i brzo posvetite vaše srce, radujući se slavi i nagradama koje će vam Bog Otac dati na nebu.

## Poglavlje 10

# Novi Jerusalim

1. Ljudi u Novom Jerusalimu vide Boga licem u lice
2. Kakvi ljudi idu u Novi Jerusalim?

*I ja videh grad sveti, Jerusalim nov,
gde silazi od Boga s neba,
pripravljen kao nevesta ukrašena
mužu svom.*

- Otkrivenje Jovanovo 21:2 -

U Novom Jerusalimu, koji je najlepše mesto na nebu i puno je Božje slave, nalazi se Božji presto, zamkovi Gospoda i Svetog Duha, i kuće ljudi koji su najvećim nivoom vere toliko mnogo udovoljili Bogu.

Kuće u Novom Jerusalimu su najlepše pripremljene, na način kako bi to njihovi budući gospodari želeli. Da bi ušli u Novi Jerusalim, čist i divan kao kristal, i podelili iskrenu ljubav zauvek sa Bogom, vi ne samo što treba da ličite na Božje sveto srce, već takođe morate da uradite svoju dužnost potpuno kao što je Gospod Isus uradio.

Sada, kakvo mesto je Novi Jerusalim, i kakvi ljudi tamo idu?

## 1. Ljudi u Novom Jerusalimu vide Boga licem u lice

Novi Jerusalim, takođe nazvan nebeski Sveti Grad, je tako lep kao nevesta koja je sebe pripremila za svog muža. Ljudi tamo imaju privilegiju da sretnu Boga licem u lice zato što je tamo Njegov presto.

On je takođe nazvan: „gradom slave" zato što ćete dobiti slavu od Boga zauvek kada uđete u Novi Jerusalim. Zid je napravljen od jaspisa, grad od čistog zlata, jasan kao staklo. Ima tri kapije na sve četiri strane – jug, sever, istok i zapad – a po jedan anđeo čuva svaku kapiju. Dvanaest temelja grada su napravljeni od dvanaest različitih vrsta dragog kamenja.

## Dvanaest bisernih kapija Novog Jerusalima

Onda, zašto je dvanaest kapija Novog Jerusalima napravljeno od bisera? Školjka traje dugo vremena i luči sav svoj sok da napravi biser. Na isti način, vi treba da odbacite grehove, boreći se proti njih sve do tačke prolivanja krvi i budete verni do tačke smrti pred Bogom u strpljenju i samokontroli. Bog je napravio kapije od bisera zato što vi morate da prevaziđete vaše okolnosti sa radošću da bi ispunili vaše Bogom dane dužnosti čak iako idete uzanim putem.

Tako da kada osoba koja uđe u Novi Jerusalim prođe kroz kapiju od bisera, on lije suze radosti i uzbuđenja. On daje svu neizrecivu zahvalnost i slavu Bogu koji ga je vodio do Novog Jerusalima.

Takođe, iz kog razloga je Bog napravio dvanaest temelja od dvanaest različitih vrsta dragulja? To je zato što je kombinacija svrhe dvanaest dragulja srce Gospoda i Oca.

Zato, vi treba da shvatite duhovno značenje svakog dragog kamena i da ispunite duhovna značenja u vašem srcu da bi ušli u Novi Jerusalim. Objasniću vam do detalja sva ova značenja u knjizi: *Raj II: Ispunjen Božjom slavom.*

## Kuće Novog Jerusalima u savršenom jedinstvu i različitosti

Kuće u Novom Jerusalimu su poput zamkova po veličini i veličanstvenosti. Svaka je posebna u skladu sa željama vlasnika, i savršena je u jedinstvu i različitosti. Takođe, razne boje i svetla dolaze iz dragog kamenja i daju vam osećaj neizrecive lepote i slave.

Ljudi mogu da prepoznaju kome svaka kuća pripada kada je samo pogledaju. Oni mogu da razumeju koliko je vlasnik udovoljavao Bogu kada je on ili ona bio na zemlji samim pogledom na svetlost slave i dragog kamenja koji ukrašavaju kuću.

Na primer, kuća osobe koja je postala mučenik na ovoj zemlji će imati dekoraciju i zapise o vlasnikovom srcu i o dostignućima sve do mučeništva. Zapis je urezan na zlatnoj ploči i vrlo jasno sija. On bi glasio: „Vlasnik ove kuće postao je mučenik i ispunio je volju Oca dana __ meseca __ godine____."

Čak i sa kapije, ljudi mogu da vide jasnu svetlost koja izlazi iz zlatne ploče gde su vlasnikova dostignuća zapisana, i svi oni koji to vide će se nakloniti. Mučeništvo je tako velika slava i nagrada, i to je ponos i radost Božja.

Pošto nema zla na nebu, ljudi automatski naklone glave shodno sa rangom i dubinom Božje ljubavi. Takođe, baš kao što ljudi poklanjaju plakate zahvalnosti ili zaslužne službe da proslave velika dostignuća, Bog takođe daje plakatu svakome da proslavi to što Njega slave. Vi možete da vidite da se mirisi i svetla razlikuju u skladu sa vrstama plakata.

Šta više, Bog obezbeđuje u ljudskim kućama nešto pomoću čega se oni mogu sećati svojih života na ovoj zemlji. Naravno, čak i na nebu možete da pratite događaje iz prošlosti na ovoj zemlji na nečemu nalik televizoru.

### Kruna od zlata ili kruna pravednosti

Ako uđete u Novi Jerusalim, osnovno će vam biti data

privatna kuća i kruna od zlata, a krunom pravednosti ćete biti nagrađeni u skladu sa vašim delima. Ovo je najuzvišenija i najlepša kruna na nebu.

Bog Sam nagrađuje krunama od zlata one koji uđu u Novi Jerusalim, i oko prestola Božjeg su dvadesete četiri starešine sa zlatnim krunama.

*I oko prestola behu dvadeset i četiri prestola; i na prestolima videh dvadeset i četiri starešine gde sede, obučene u bele haljine, i imahu krune zlatne na glavama svojim* (Otkrivenje Jovanovo 4:4).

„Starešine" se ovde ne odnosi na titule date u zemaljskim crkvama, već Bog priznaje one koji su pravedni u očima Božjim. Oni su posvećeni i ispunili su hram u svojim srcima kao i vidljivi hram. „Ispuniti hram u srcima" znači postati duhovna osoba odbacivanjem svih vrsta zla. Ispuniti vidljivi hram znači obaviti potpuno dužnosti na ovoj zemlji.

Broj „dvadeset četiri" stoji za sve one ljude koji su verom prošli kroz kapiju spasenja kao dvanaest plemena Izraela, i postali su posvećeni kao što su dvanaest učenika Gospoda Isusa. Zato, „dvadeset četiri starešine" odnosi se na decu Božju koju Bog priznaje i verna su u celoj Božjoj kući.

Zato, oni koji imaju veru kao zlato koje se nikada ne menja će primiti krune od zlata, a oni koji žude za Gospodovim dolaskom kao apostol Pavle će dobiti krunu pravednosti.

*Dobar rat ratovah, trku svrših, veru održah; dalje, dakle, meni je pripravljen venac pravde, koji će mi dati Gospod u dan onaj, pravedni sudija; ali ne samo meni, nego svima koji se raduju Njegovom dolasku* (2 Timotejeva Poslanica 4:7-8).

Oni koji žude za Gospodovim dolaskom će očigledno živeti u svetlu i istini, i postaće dobro pripremljene osobe i Gospodove mlade. Zato će i dobiti krune po tome.
Apostola Pavla nisu nadvladale nijedno proganjanje ili nevolja, on je samo pokušavao da širi Božje kraljevstvo i ispuni Njegovu pravednost u svemu što je činio. On je svojim delima i istrajnošću otkrio Božju slavu gde god da je išao. Zbog toga je Bog pripremio krunu pravednosti za Apostola Pavla. I On će je dati svakome koji žudi za Gospodovim dolaskom kao on.

### Biće ispunjena svaka želja u njihovim srcima

Ono šta vam je bilo na umu na ovoj zemlji, ono što ste voleli da radite ali ste se odrekli radi Gospoda – Bog će vam vratiti sve ove stvari kao lepe nagrade u Novom Jerusalimu.

Zato, kuće u Novom Jerusalimu imaju sve što želite da imaju, tako da možete da radite sve što ste želeli. Neke kuće imaju jezera tako da vlasnici mogu da idu na vožnju čamcem a neke imaju šume u kojima mogu da šetaju. Ljudi mogu i da uživaju u razgovorima sa svojim voljenima za stolom za čaj u uglu lepe bašte. Ima kuća sa livadama prekrivenim travom i cvećem, tako da ljudi mogu da šetaju ili pevaju slavospeve sa raznim pticama i lepim životinjama.

Na ovaj način, Bog je na nebu stvorio sve što ste želeli da imate na ovoj zemlji bez da vam nedostaje jedan jedini objekt.

Koloko duboko ćete biti dirnuti kada vidite sve ove stvari koje vam je Bog obezbedio sa velikom pažnjom?

U stvari, imati mogućnost da uđete u Novi Jerusalim samo po sebi je izvor velike radosti. Vi ćete živeti u nepromenjenoj sreći, slavi i lepoti zauvek. Vi ćete biti puni radosti i uzbuđenja kada pogledate na zemlju, kada pogledate na nebo, ili bilo gde da pogledate.

Ljudi se osećaju mirno, udobno i bezbedno samim boravkom u Novom Jerusalimu, zato što ga je Bog napravio za Svoju decu koju iskreno voli, i svaki ugao je ispunjen Njegovom ljubavlju.

Tako da u svemu što radite – da li šetate, odmarate, igrate se, jedete ili pričate sa drugim ljudima – vi ćete biti ispunjeni srećom i radošću. Drveće, cveće, trava, čak i životinje su umiljate, i vi ćete osetiti slavu sa divljenjem od zidova zamka, ukrasa i kućne opreme.

U Novom Jerusalimu, ljubav za Boga Oca je kao fontana i vi ćete biti ispunjeni beskonačnom srećom, zahvalnošću i radošću.

### Videti Boga licem u lice

U Novom Jerusalimu, gde je najveći nivo slave, lepote i sreće, možete da sretnete Boga licem u lice i šetate sa Gospodom, i možete da živite sa vašim voljenima za sva vremena.

Takođe će vas obožavati ne samo anđeli i nebeska vojska, već i svi ljudi na nebu. Šta više, vaši lični anđeli će vam služiti kao da služe kralju, ispunjavajući savršeno sve vaše želje i potrebe. Ako želite da letite nebom, vaš lični oblak automobil će doći i staće ispred vaših nogu. Odmah kako uđete u oblak automobil, vi možete da letite po nebu koliko god želite, ili možete da ga vozite po tlu.

Tako da ako uđete u Novi Jerusalim, vi možete da vidite Boga licem i lice, živite sa vašim voljenima večno, i sve vaše želje će vam odmah biti ispunjene. Vi možete da imate sve što poželite, i bićete tretirani kao princ ili princeza iz bajke.

### Učestvovati na banketima u Novom Jerusalimu

U Novom Jerusalimu, uvek ima banketa. Ponekad Otac pravi bankete, ili ponekad Gospod ili Sveti Duh to rade. Vi veoma dobro možete da osetite radost nebeskog života kroz ove bankete. Jednim pogledom možete da osetite izobilje, slobodu, lepotu i radost na ovim banketima.

Kada učestvujete na banketima koje održava Otac, vi ćete obući najlepše odelo i dekoraciju, ješćete i piti najbolju hranu i piće. Vi ćete takođe uživati u čarobnoj i lepoj muzici, slavopoju i plesovima. Možete da gledate anđele koji plešu, ili ponekad možete i sami da igrate da udovoljite Bogu.

Anđeli su mnogo bolji i savršeniji u tehnici, ali Bog je zadovoljniji aromom Svoje dece koja poznaje Njegovo srce i voli Ga iz svojih srca.

Oni koji su služili na službama bogosluženja Bogu na ovoj zemlji će takođe služiti na tim banketima da ih učine još radosnijim, a oni koji su hvalili Boga slavopojnom pesmom, plesom i sviranjem će raditi isto na nebeskim banketima.

Vi ćete obući mekanu, raskošnu haljinu sa mnogo šara, prelepu krunu, i ukrase od dragog kamenja sa tako sjajnim svetlom. Takođe ćete se pri dolasku na bankete voziti u oblak automobilu ili u zlatnom vagonu praćeni anđelima. Zar vaše srce ne lupa od radosti i u iščekivanju pri samoj pomisli na sve ovo?

## Festival krstarenja na moru od stakla

Na prelepom nebeskom moru pliva telo čiste i bistre vode koje je kao kristal bez ijedne mrlje ili tačke. Voda plavog mora ima nežne talase na povetarcu i sjajno sija. Mnogo vrsta riba pliva u vodi koja je tako prozračna, i kada im ljudi priđu, oni im požele dobrodošlicu pomeranjem peraja i iskazuju svoju ljubav. Takođe, šareni korali grupišu i njišu. Svaki put kada se pomere, oni daju svetlost ovih lepih boja. Koliko je čudesan ovaj prizor! Ima mnogo malih ostrva na moru, i izgledaju božanstveno. Šta više, brodovi za krstarenje kao „Titanik" jedre okolo, a na palubama brodova su takođe banketi.

Ovi brodovi su opremljeni svom opremom uključujući udoban smeštaj, prostor za kuglanje, bazene za kupanje i balske dvorane, tako da ljudi mogu da uživaju u čemu god žele.

Biće velika radost samo zamisliti sve festivale na ovim brodovima, koji su još veći i lepše dekorisani od bilo kog luksuznog broda na ovoj zemlji, sa Gospodom i sa voljenima.

## 2. Kakvi ljudi idu u Novi Jerusalim?

Oni koji imaju veru zlata, koji žude za Gospodovim dolaskom i koji spremaju sebe kao mlade Gospodove će ući u Novi Jerusalim. Onda, kakva osobe treba da budete kako bi ušli u Novi Jerusalim koji je čist i lep kao kristal i pun Božje milosti?

## Ljudi sa verom da udovolje Bogu

Novi Jerusalim je mesto za one koji su na petom nivou vere – one koji ne samo da su potpuno posvetili svoja srca već su bili i verni u celoj Božjoj kući.

Vera koja udovoljava Bogu je vrsta vere sa kojom je Bog potpuno zadovoljan tako da On želi da ispuni zahteve i želje Svoje dece pre nego što traže.

Kako, onda, vi možete da udovoljite Bogu? Daću vam jedan primer. Recimo da se otac vratio kući sa posla, i kaže svojoj dvojici sinova da je žedan. Prvi sin, koji zna da njegov otac voli mineralnu vodu, donosi čašu sa Koka-kolom ili Sprajtom za oca. Takođe, on masira svog oca kako bi mu ugodio čak iako otac nije to tražio.

Sa druge strane, drugi sin samo donosi čašu vode ocu i odlazi nazad u svoju sobu. Sada, koji od dvojice sinova može da ugodi ocu više, razumeći očevo srce?

Umesto sina koji je samo doneo čašu vode da jednostavno posluša očevu reč, otac mora da je bio zadovoljniji sinom koji mu je doneo čašu Koka-kole i izmasirao ga iako to nije tražio.

Na isti način, razlika između onih koji uđu u Treće kraljevstvo i Novi Jerusalim leži u granici do koje su ljudi udovoljili srcu Boga Oca i bili verni u skladu sa Očevom voljom.

## Ljudi sa celim duhom i srcem Gospoda

Oni koji imaju veru koja udovoljava Bogu ispunjavaju svoja srca samo istinom, i verni su u celoj Božjoj kući. Biti veran u celoj Božjoj kući znači izvršavati dužnosti više nego što je očekivano da

# Raj I

neko uradi sa verom Hrista Samog, koji se povinovao volji Boga sve do tačke smrti, ne mareći za sopstveni život.

Zato, oni koji su verni u celoj Božjoj kući ne čine dela njihovim umovima i mislima, već samo sa srcem Gospodnjim, duhovnim srcem. Apostol Pavle opisuje srce Gospoda Isusa u Poslanici Filipljanima 2:6-8.

> *[Isus Hrist], iako je i bio u obličju Božijem, nije se otimao da se uporedi s Bogom nego je ponizio Sam Sebe uzevši obličje sluge, postavši kao i drugi ljudi i na oči nađe se kao čovek. Našavši se u obličju čoveka, On je ponizio Sebe poslušan do same smrti, čak smrti na krstu.*

Za uzvrat, Bog Ga je podigao, dao je Mu ime nad svim imenima, postavio je Ga da sa slavom sedi sa desne strane Božjeg prestola, i dao je Mu vlast „Kralja kraljeva" i „Gospoda gospodara."

Dakle, kao što je Isus učinio, vi morate biti sposobni da se bezuslovno povinujete Božjoj volji da imate veru da uđete u Novi Jerusalim. Tako da čovek koji može da uđe u Novi Jerusalim mora da razume čak i dubinu Božjeg srca. Ovakva osoba udovoljava Bogu zato što je veran sve do same smrti sledeći Božju volju.

Bog oplemenjuje Svoju decu da ih povede da imaju veru kao zlato da bi mogli da uđu u Novi Jerusalim. Baš kao što rudar dugo ispire i filtrira tražeći zlato, Bog posmatra svoju decu dok se menjaju u prelepe duše i pere njihove grehove svojom rečju. Kad god On naiđe na decu koja imaju veru zlata, On se veseli nad svim Svojim bolima, agonijom, i tugom koje je podneo da postignu svrhu ljudske kultivacije.

Oni koji uđu u Novi Jerusalim su iskrena deca Božja što su postala dužim čekanjem sve dok nisu promenila svoja srca u srce Gospodnje i ispunila ceo duh. Oni su tako dragoceni Bogu i On će ih veoma mnogo voleti. Zbog toga Bog naglašava da: *„A sam Bog mira da posveti vas cele u svačemu; i ceo vaš duh i duša i telo da se sačuva bez krivice za dolazak Gospoda našeg Isusa Hrista"* (1 Poslanica Solunjanima 5:23 NKJV – Nova verzija Biblije kralja Džejmsa).

### Ljudi sa radošću ispunjavaju dužnosti mučeništva

Mučeništvo je kad neko preda svoj život. Dakle, to zahteva veliku odlučnost i požrtvovanost. Slava i olakšanje koje će neko primiti nakon što preda svoj život da ispuni Božju volju, na način na koji je Isus uradio, je van zamisli.

Naravno, svako ko uđe u Treće kraljevstvo ili Novi Jerusalim ima veru da postane mučenik, ali onaj koji stvarno postane mučenik dobija mnogo veću slavu. Ako niste u stanju da postanete mučenik, vi morate da imate srce mučenika, dostignete posvećenost, i potpuno ispunite svoje dužnosti da primite nagradu mučenika.

Bog mi je jednom otkrio slavu sveštenika moje crkve koju će dobiti u Novom Jerusalimu kada jednom ispuni svoju dužnost mučeništva.

Kada dostigne nebo nakon što ispuni svoju dužnost, on će liti beskonačne suze kada pogleda svoju kuću iz zahvalnosti za Božju ljubav. Na kapiji njegove kuće je toliko velika bašta sa mnogim vrstama cveća, drveća i drugih dekoracija. Od bašte pa prema glavnoj zgradi leži put od zlata, i cveće peva hvalospeve dostignućima svog vlasnika i ugađa mu lepim mirisima.

Šta više, ptice zlatnog perja daju svetlost, a lepo drveće stoji u bašti. Brojni anđeli, sve životinje, pa čak i ptice pevaju hvalospeve dostignuću mučeništva i dočekuju ga, i kada on hoda putem od cveća, njegova ljubav prema Gospodu postaje lepi miris. On će neprestano priznavati svoju zahvalnost iz srca.

**„Gospod me je zaista mnogo voleo i dao mi je ovaj dragocenu dužnost! Zbog toga ja mogu da ostanem u ljubavi Oca!"**

Unutar kuće, mnogo vrednog dragog kamenja ukrašava zidove, svetlost kornelija crvenih kao krv i svetlost safira su izvanredne. Kornelije pokazuju da je on ispunio entuzijazam da se odreknete života i strasne ljubavi, na način na koji je Apostol Pavle učinio. Safir predstavlja njegovu nepromenljivo, čestito srce i valjanost da se pridržava istine sve do same smrti. To je sve u znak sećanja na mučeništvo.

Na spoljnim zidovima je zapis napisan od Boga Lično. On navodi vremena vlasnikovih iskušenja, kada i kako je postao mučenik, i u kakvim je okolnostima on ispunio Božju volju. Kada ljudi sa verom postanu mučenici, oni hvale Boga ili ponekad izgovaraju reči da Ga slave. Ovakve primedbe su napisane na tom zidu. Zapis sija tako sjajno i da ste totalno impresionirani i puni sreće čitajući ga i gledajući svetlo koje izlazi iz njega. Koliko impresivno to može da bude pošto je Bog, sama svetlost, to napisao! Tako, ko god da poseti njegovu kuću pokloniće se ispred ovih zapisa koje je napisao Lično Bog!

Na unutrašnjim zidovima dnevne sobe se nalazi mnogo ekrana sa mnogo vrsta freski. Slike objašnjavaju kako se ponašao od kako je prvi put sreo Gospoda – koliko mnogo je voleo Gospoda, i koje vrste dela je učinio sa kakvim srcem u određeno vreme.

Takođe, u jednom uglu vrta ima mnogo sportske opreme koja je napravljena od čudesnih materijala i koja ima ukrase koji su nezamislivi na ovoj zemlji. Bog je to napravio kako bi mu udovoljio zato što je voleo sport veoma mnogo, ali ga se odrekao zbog verske službe. Tegovi za vežbanje nisu napravljeni od nekog metala ili čelika kao na ovoj zemlji, već ih je napravio Bog sa posebnim ukrasima. Oni su kao skupoceno drago kamenje koje lepo sija. Neverovatno, oni drugačije teže u zavisnosti od osobe koja vežba sa njima. Ova oprema se ne koristi da čovek ostane u formi, već se čuva kao suvenir i izvor udobnosti.

Kako će se on osećati gledajući u sve ove stvari koje je Bog pripremio za njega? On je morao da se odrekne od svojih želja radi Gospoda ali sada njegovo srce je zadovoljeno, i on je tako zahvalan za ljubav Boga Oca.

On jednostavno ne može da prestane da zahvaljuje i slavi Boga sa suzama zato što je Božje nežno i brižno srce spremilo sve što je on ikad želeo, ne izostavljajući ni najmanju želju u njegovom srcu.

### Ljudi potpuno ujedinjeni sa Gospodom i Bogom

U Novom Jerusalimu, Bog mi je pokazao, postoji kuća koja je velika kao veliki grad. To je tako neverovatno da nisam mogao a da ne budem iznenađen njenom veličinom, lepotom i raskoši.

Ova velika kuća ima dvanaest kapija – po tri kapije na svakoj strani, severnoj, južnoj, istočnoj i zapadnoj. U sredini je veliki trospratni dvorac, ukrašen čistim zlatom i raznim vrstama dragog kamenja.

Na prvom spratu, nalazi se toliko velika sala da u njoj ne možete videti s jednog kraja na drugi, i ima mnogo dnevnih soba. One se koriste za bankete ili kao mesta za sastanke. Na drugom spratu su sobe za čuvanje i izlaganje kruna, odeće i suvenira, a takođe i mesta za prijem proroka. Treći sprat se isključivo koristi za sastajanje i deljenje ljubavi sa Bogom.

Oko zamka su zidovi prekriveni cvećem sa divnim mirisom. Reka vode života mirno teče oko zamka, a nad rekom su mostovi u obliku luka ofarbani duginim bojama.

U vrtu mnoge vrste cveća, drveća i trave čine perfekciju lepote. Na drugoj strani reke je ogromna neopisiva šuma.

Tu je i zabavni park sa mnogim vožnjama kao što su kristalni voz, Vikinški brod napravljen od zlata, i ostala oprema ukrašena dragim kamenjem. Oni odaju predivnu svetlost kad god su u radu. Pored zabavnog parka je široki cvetni put, a malo dalje od cvetnog puta je livada gde se životinje igraju okolo i mirno odmaraju kao ovozemaljske tropske ravnice.

Pored ovoga, ima mnogo kuća i zgrada koje su ukrašene mnogim vrstama dragog kamenja da sijaju lepim i čudesnim svetlima po čitavom području. Odmah do vrta je i vodopad, a iza brda je more po kome plove veliki brodovi za krstarenje poput „Titanika." Sve ovo je deo nečije kuće, tako da do sada možete da bar malo zamislite koliko je velika i široka ova kuća.

Ova kuća, koja je kao veliki grad, je turističko mesto na nebu, i mami mnoge ljude ne samo iz Novog Jerusalima već i iz celog neba. Ljudi se zabavljaju i dele ljubav Božju. Takođe, nebrojani anđeli služe vlasnika, vode brigu o zgradama i opremi, prate oblak automobil, i hvale Boga plesom i sviranjem muzičkih instrumenata. Sve je spremno za najveću sreću i udobnost.

Bog je pripremio ovu kuću zato što je vlasnik prevazišao sve vrste testova i iskušenja sa verom, nadom i ljubavlju, i poveo je mnogo ljudi ka putu spasenja sa rečju života i Božjom moći, voleći Boga pre i više nego bilo šta drugo.

Bog ljubavi seća se svih vaših napora i suza i uzvraća sve shodno sa onim šta ste učinili. I On želi da svi budu ujedinjeni sa Njim i Gospodom sa ljubavlju koja život daje i da postanete duhovni radnici i povedete nebrojane ljude ka putu spasenja.

Oni koji imaju veru koja ugađa Bogu mogu da budu ujedinjeni sa Njim i Gospodom kroz svoju ljubav koja život daje zato što oni ne samo da liče na Gospodovo srce i ispunjavaju celi duh, već takođe daju svoje živote da postanu mučenici. Ovi ljudi vole Boga i Gospoda iskreno. Čak i kada ne bi bilo neba, oni niti žale niti osećaju da su na gubitku zbog onoga što su mogli da uzmu i da uživaju na ovoj zemlji. U svojim srcima su tako radosni i srećni da čine po Božjoj reči i da rade za Gospoda.

Naravno, ljudi sa iskrenom verom žive u nadi za nagradama koje će im Gospod dati na nebu baš kao što je napisano u Poslanici Jevrejima 11:6: *„A bez vere nije moguće ugoditi Bogu; jer onaj koji hoće da dođe k Bogu, valja da veruje da ima Bog i da plaća onima koji Ga traže."*

Međutim, njima nije važno da li postoji nebo ili ne, ili da li ima nagrada ili ne zato što postoji nešto mnogo vrednije. Oni se osećaju više nego srećno što će sresti Boga Oca i Gospoda, koga iskreno vole. Zato, ne sresti Oca Boga i Gospoda je mnogo nesrećnije i tužnije nego ne dobiti nagrade ili ne živeti na nebu.

Oni koji pokazuju svoju besmrtnu ljubav za Boga i za Gospoda dajući svoje živote čak iako ne bi bilo radosnog nebeskog života, ujedinjeni su sa Ocem i sa Gospodom svojim mladoženjom kroz ljubav koja život daje. Koliko će biti velika slava i nagrade koje je Bog pripremio za njih!

Apostol Pavle, koji je žudio za Gospodovim dolaskom i nastojao je u Gospodovim delima i poveo tako mnogo ljudi ka spasenju, priznao je sledeće:

> *Jer znam jamačno da ni smrt, ni život, ni anđeli, ni poglavarstva, ni sile, ni sadašnje, ni buduće, ni visina, ni dubina, ni druga kakva tvar može nas rastaviti od ljubavi Božije, koja je u Hristu Isusu, Gospodu našem* (Poslanica Rimljanima 8:38-39).

Novi Jerusalim je mesto za Božju decu koja su ujedinjena sa Bogom Ocem kroz ovu vrstu ljubavi. Novi Jerusalim, koji je tako divan i čist kao kristal, gde će biti nezamisliva, preplavljujuća sreća i radost, je pripreman na ovaj način.

Bog Otac ljubavi želi da svi, ne samo budu spašeni već i da liče na Njegovu svetost i savršenost, tako da će doći u Novi Jerusalim.

Stoga, ja se molim u ime Gospoda da shvatite da Gospod koji je otišao na nebo da pripremi smeštaj za vas, se vraća uskoro i ispuniće ceo duh i držaće vas nevine kako bi vi postali lepa nevesta koja je sposobna da prizna: „Dođi uskoro, Gospode Isuse!"

Autor:
# Dr. Džerok Li

Dr. Džerok Li je rođen u Muanu, Džeonam provinciji, Republika Koreja, 1943. god. U svojim dvadesetim, Dr. Li je sedam godina patio od mnoštva neizlečivih bolesti i iščekivao smrt bez nade za oporavak. Jednog dana u proleće 1974. god, njegova sestra ga je odvela u crkvu i kad je kleknuo da se pomoli, Živi Bog ga je momentalno izlečio od svih bolesti.

Od trenutka kad je Dr. Li sreo Živog Boga kroz to divno iskustvo, on je zavoleo Boga svim svojim srcem i iskrenošću, a u 1978. god., je pozvan da bude sluga Božji. Molio se revnosno da može jasno da razume volju Božju, u potpunosti je ispuni i posluša sve Reči Božje. Godine1982. je osnovao Manmin centralnu crkvu u Seulu, Koreja, i bezbrojna dela Božja, uključujući čudesna isceljenja i čuda, se dešavaju u njegovoj crkvi.

U 1986. god. Dr. Li je zaređen za pastora na godišnjem Zasedanju Isusove Sungkjul crkve Koreje, i četiri godine kasnije u 1990.god. njegove propovedi su počele da se emituju u Australiji, Rusiji, na Filipinima i mnogim drugim zemljama, preko Radiodifuzne kompanije Daleki Istok, Azija radiodifuzne kompanije i Vašingtonskog hrišćanskog radio sistema.

Tri godine kasnije, 1993.god., Manmin centralna crkva je izabrana za jednu od „Svetskih top 50 crkava" od strane magazina *Hrišćanski svet (Christian World)* (SAD), a on je primio počasni doktorat bogoslovlja od Koledža hrišćanske vere, Florida, SAD, i 1996.god. Doktorat iz Službe od Kingsvej teološke bogoslovije, Ajova, SAD.

Od 1993. god., dr. Li prednjači u svetskoj evangelizaciji kroz mnogo inostranih pohoda u Tanzaniji, Argentini, Los Anđelesu, Baltimoru, Havajima i Nju Jorku u Sjedinjenim Američkim Državama, Ugandi, Japanu, Pakistanu, Keniji, Filipinima, Hondurasu, Indiji, Rusiji, Nemačkoj, Peruu, Demokratskoj Republici Kongo, Izraelu i Estoniji.

U 2002-oj godini nazvan je „svetskim obnoviteljem" od strane glavnih hrišćanskih novina u Koreji zbog njegovih moćnih bogosluženja u različitim inostranim evangelističkim pohodima. Posebno tokom njegovog „Pohoda u

Nju Jork 2006-te godine " koji se održao u Medison Skver Gardenu (Madison Square Garden) najpoznatijoj svetskoj areni i emitovan je za 220 nacija a na njegovom „Ujedinjenom Izraelskom pohodu" održanom u Kongresnom centru u Jerusalimu on je hrabro rekao da je Isus Mesija i Spasioc. Njegove propovedi emitovane su za 176 nacija putem satelita uključujući GCN TV i bio je svrstan kao jedan od top 10 najuticajnijih hrišćanskih voda 2009-e i 2010-e godine od strane popularnog Ruskog hrišćanskog časopisa *U pobedu (In Victory)* i nove agencije *Hrišćanski telegraf (Christian Telegraph)* za njegovu moćnu svešteničku službu TV emitovanja i njegove inostrane crkveno pastorske službe.

Od mart 2016. god., Manmin Centralna Crkva ima zajednicu od preko 120.000 članova. Postoji 10 000 ogranaka crkve širom planete uključujući 56 domaćih ogranaka crkve i do sad više od 102 misionara su opunomoćena u 23 zemlje, uključujući Sjedinjene Države, Rusiju, Nemačku, Kanadu, Japan, Kinu, Francusku, Indiju, Keniju i mnoge druge.

Do datuma ovog izdanja Dr. Li je napisao 100 knjige, uključujući bestselere: *Probanje Večnog Života Pre Smrti, Moj Život, Moja Vera I i II, Poruka Sa Krsta, Mera Vere, Raj I& II, Pakao* i *Moć Božja*. Njegove knjige su prevedene na više od 76 jezika.

Njegove Hrišćanski rubrike se pojavljuju u *Hankok Ilbo, JongAng dnevniku, Dong-A Ilbo, Chosun Ilbo, Seul Šinmunu, Kjunghjang Šinmun, Hankjoreh Šinmun, Korejski ekonomski dnevnik, Koreja glasnik, Šisa vesti,* i *Hrišćanskoj štampi*.

Dr. Li je trenutno na čelu mnogih misionarskih organizacija i udruženja uključujući: predsedavajući, Ujedinjene svete crkve Isusa Hrista; stalni predsednik, Udruženje svetske hrišćanske preporodne službe; osnivač i predsednik odbora, Globalna hrišćanska mreža (GCN); osnivač i član odbora, Mreža svetskih hrišćanskih lekara (WCDN); i osnivač i član odbora, Manmin internacionalna bogoslovija (MIS).

## Druge značajne knjige istog autora

### Raj II

Poziv u Sveti grad Novi Jerusalim čijih je dvanaest kapija napravljeno od blistavih bisera, koji je usred ogromnih Nebesa gde sija blistavo kao veoma vredni dragulji

### Poruka sa Krsta

Moćna probudujuća poruka za sve ljude koji su duhovno uspavani! U ovoj knjizi naći ćete razlog da je Isus jedini Spasitelj i iskrenu ljubav Božju.

### Pakao

Iskrena poruka celom čovečanstvu od Boga, koji ne želi da ijedna duša padne u dubine Pakla! Otkrićete nikad do sad otkriveni iskaz o okrutnoj stvarnosti Nižeg Hada i Pakla.

### Duh, Duša i Telo I & II

Vodič koji nam daje duhovno objašnjenje duha, duše i tela i pomaže nam da pronađemo kakvog „sebe" smo mi načinili da bi mogli da dobijemo moć da pobedimo mrak i postanemo duhovna osoba.

### Mera Vere

Kakvo mesto stanovanja, kruna i nagrade su spremne za vas na nebu? Ova knjiga obezbeđuje mudrost i smernice za vas da izmerite vašu veru i gajite najbolju i najzreliju veru.

### Probuđeni Izrael

Zašto Bog upire Svoje oči na Izrael od početka sveta pa do današnjeg dana? Kakvo Njegovo providenje je spremljeno za Izrael u poslednjim danima, koji očekuje Mesiju?

### Moj Život, Moja Vera I & II

Najmirisnija duhovna aroma izvučena iz života koji je cvetao sa neuporedivom ljubavlju za Boga, u sred crnih talasa, hladnih okova i najdubljeg očaja.

### Moć Božja

Obavezno-pročitati, koja služi kao suštinski vodič po kojem čovek može posedovati pravu veru i iskusiti čudesnu moć Božju.

www.urimbooks.com

www.ingramcontent.com/pod-product-compliance
Lightning Source LLC
LaVergne TN
LVHW041702060526
83820ILV00043B/543